# 苹果圣经

## ——iPhone 手机酷玩宝典

窦 昊◎编著

電子工業出版社·

Publishing House of Electronics Industry

北京 · BEIJING

## 内 容 简 介

本书是以iPhone 4为基础对iPhone手机展开介绍的，内容包括iPhone手机的各种实用功能、技巧，以及iPhone手机各种专用配件的使用说明。通过本书的学习，能使拥有iPhone手机的"果"迷们把iPhone手机的各种功能发挥到极致，并能配齐、配好各种iPhone外围工具，"武装"自己，成为一个时尚、懂行的专业"果"迷。

**图书在版编目(CIP)数据**

苹果圣经：iPhone手机酷玩宝典/窦昊编著.--北京：电子工业出版社，2012.1

ISBN 978-7-121-15063-0

Ⅰ.①苹… Ⅱ.①窦… Ⅲ.①移动电话机－基本知识 Ⅳ.①TN929.53

中国版本图书馆CIP数据核字（2011）第231716号

责任编辑：张晓真
文字编辑：刘兆忱
印　　刷：北京天宇星印刷厂
装　　订：三河市鹏成印业有限公司
出版发行：电子工业出版社
　　　　　北京市海淀区万寿路173信箱　　邮编：100036
开　　本：900×1280　1/32　印张：7.25　字数：186千字
印　　次：2012年1月第1次印刷
定　　价：29.80元

2007年6月29日，苹果公司开发的新产品iPhone在美国上市，从此"无所不能"被很多人用来形容这部开创性的手机，虽然有点言过其实，但是它的出现的确让我们对手机有了新的认识。原来手机不仅仅是能打电话、发短信、听歌曲、拍照，它还能拍摄高清视频、进行可视对话、移动办公、玩PC上才有的游戏……可以说生活中很多事情现在都可以交给手机来处理。我们不再担心出差时无法处理事情，不再为了打发时间跑去网吧，不再提着一大堆数码产品去旅游，一部iPhone将这些变成了历史，生活将变得更简单、轻松、愉快，这是科技改变生活的又一个例子。

iPhone上没有键盘挡路，因此屏幕可以做得更大，更多的内容将显示在屏幕上。多点触摸让我们用手指就能搞定一切，这与其他品牌的手机相比在那个时候占有压倒性的优势。君不见，现在的智能手机，只要有点名气的，大多是采用的多点触摸屏，可见iPhone的这项功能对于其他厂商的影响有多大，这不仅仅是一个新技术在业内引起的共鸣，而是经过广大使用者检验后做出的选择。从此，触摸笔存在的意义仅限于专业画师在iPhone上创作时的画笔，不再是我们用来操控手机的工具。而用两根手指就能缩放图片、上下滑动屏幕，就能翻页或者查看更多的内容，单击一下图标就能收发邮件这些实用的功能将我们从繁重的工作中解脱出来，也让生活变得更有乐子。数不尽的游戏，搞怪的软件，火爆的微博应用都可以从APP Store中下载到iPhone上，从此炒股理财、记账录音、聊天上网、读书看报、天气导航，甚至连各种乐器的演奏都可以用iPhone来实现，生活变得有趣原来只差一部iPhone。难怪2011年3月3日，在美国旧金山芳草地艺术中心召开的特别发布会上，当乔布斯宣布苹果iPhone手机销量突破1亿部时，大家都在感叹iPhone快成为如电视一样的居家必备商品了。生活一次又一次地被不断更新的iPhone手机所改变，我们希望iPhone 4手机能够提高你的生活品质，希望这本书能帮助你更好地使用苹果手机。

本书由窦昊组织编写，并编写了其中的2～6章。参与本书写作的还有陈思、李娟、邓吉波、孙跃华、胡法建、施挺、蒋廷明、王俊、赖亮、杨乐乐、李丹、黄成等，特此表示感谢。

# SCENERY
# iPhone
苹果圣经
——iPhone手机酷玩宝典

# EASILY PLAY

## 目 录

*Contents*

**第1章** iPhone 4很给力

## 第3章  iPhone 4移动办公

# iPhone 4
## 很给力 第1章

2010年6月8日，在大洋彼岸的美国旧金山，乔布斯和他的苹果团队正式发布了新一代iPhone手机，取名为iPhone 4。2010年6月24日，iPhone 4在美国、英国、法国、德国和日本率先上市，从此掀起新的一轮苹果风暴。

# 第1节　iPhone那些事儿

*iPhone*由苹果公司首席执行官史蒂夫•乔布斯在*2007年1月9日*举行的*Macworld*宣布推出，将创新的移动电话，可触摸宽屏*iPod*以及具有桌面级电子邮件、网页浏览、搜索和地图功能的突破性因特网通信设备这三种产品完美地融为一体。*iPhone*引入了基于大型多触点显示屏和领先性新软件的全新用户界面，让用户用手指即可控制*iPhone*。*iPhone*还开创了移动设备软件尖端功能的新纪元，重新定义了移动电话的功能。

## 01　iPhone的历史

2007年6月29日，由苹果公司首发的iPhone在美国上市，在当年的9月10日，iPhone销量就突破了100万台，苹果公司股价涨至180美元，苹果应用程序商店里的程序条目数为0。

iPhone发布

2008年6月11日，苹果为用户带来了升级产品iPhone 3G，3天之后销量即达到了100万台，苹果应用程序商店里的程序条目数突破了3000。

iPhone 3G

2009年6月9日，苹果带来了速度更快、价格不变的iPhone 3GS，100万台的销量记录再度被打破，这次只用了2天。苹果公司股价一发不可收拾，直突200美元大关，苹果应用程序商店里的程序条目数达到了惊人的100000个。

iPhone 3GS

iPhone 4

2010年6月8日，iPhone 4闪亮登场。60万台的提前预定数让"发售日当天即突破100万台销量"的说法不再是梦想，据报道，iPhone 4首发日当天的实际销售量为150万台。股价方面，苹果公司目前已经突破了400美元，应用程序商店里的程序条目达到了200000个。

2011年10月，iPhone 4S面世，3天销量就突破了400万台。就在iPhone 4S面世前后，苹果公司创始人乔布斯病逝。但我们深信，苹果公司还会继续发展，苹果手机还会推陈出新，苹果迷也不会失望。

## 02 iPhone的特点

iPhone是一种4频段的GSM制式手机，支持EDGE和802.11b/g无线上网（iPhone 3G/3GS/4支持WCDMA上网，iPhone 4支持802.11n无线上网），支持电邮、移动通话、短信、网络浏览以及其他的无线通信服务。iPhone没有键盘，而是创新地引入了多点触摸（Multi-touch）屏界面，在操作性上与其他品牌的手机相比占有领先地位。引用乔布斯的一句话来说："手指是我们与生俱来的终极定点设备，而iPhone利用它们创造了自鼠标以来最具创新意义的用户界面。"

iPhone包括了iPod的媒体播放功能，和为了移动设备修改后的Mac OS X操作系统（即iOS，本名iPhone OS，自4.0版本起改名为iOS），以及200万像素的摄像头（1代、2代为200万，3GS为320万，支持自动对焦，4代提升到500万）。此外，设备内置重力感应器，能依照用户水平或垂直的持用方式，自动调整屏幕显示方向。

iPhone将移动电话、宽屏iPod和上网装置三大功能集于一身，通过多点触摸技术，手指轻点就能拨打电话，在应用程序（各种工具）之间切换也易如反掌。还可以直接从网站复制、粘贴文字和图片。

通过短信和彩信可以直接发送文字、照片、音频、视频和联系人信息，还可以转发整段对话或其中的重要部分。Spotlight Search可以让你在同一个地方搜遍iPhone中的各种不同内容，包括联系人、电子邮件、日历及备忘录等。用语音备忘录可随时随地记录并分享你的灵感、备忘事宜、会议记录或各种录音。

可以说iPhone是一款革命性的、不可思议的产品，比市场上的其他移动电话都整整领先了五年。

# 第2节　iPhone 4那些范儿

*iPhone从1代到现在的4代，不断地给我们惊喜，给我们创新。如果说iPhone 1代到3代只是软件上的进步而已，那4代可以说是一次质的飞跃。不仅在软件上有着较大的改变，在硬件上也改进了很多。所以不要说苹果的粉丝很挑剔，那是因为他们一直都在使用引领业界的产品。*

# 01 超薄及强硬的机身

iPhone 4是目前全球最薄的智能手机，其9.3mm的机身厚度超越了以往任何一款产品，将"薄"推向极致。虽然相比于iPhone 3GS，iPhone 4已经将机身厚度降低了24%之多，但由于前者背部采用的是弧形后盖设计，边缘厚度很薄，因此当我们拿到iPhone 4时并不会感到特别明显的差异。

9.3mm的机身厚度超越了以往任何一款产品

如果用过iPhone 3G或iPhone 3GS，那么会发现iPhone 4虽然在外型上发生了几处改变，但整体设计依旧保持了苹果的一贯风格，延续了iPhone外观良好的视觉感受，并让iPhone的老用户也不会感觉突兀。在延续自家产品特性的同时，乔布斯确实也特别考虑到了用户感知和对新产品的接受能力，这让我们不得不佩服苹果在手机领域内的专业态度。

此外，该机在背部还采用了防刮伤玻璃材质，这种应用于直升机挡风玻璃和高速铁路列车的特种玻璃，硬度是普通塑料的30倍，韧性是普通塑料的20倍，所以说iPhone 4有着更强的耐久性和防刮蹭性能。

不锈钢边框设计

## 02　机身边框内置天线

iPhone 4在机身四周依旧采用了不锈钢边框设计，在不失质感的同时要比iPhone 3GS内敛许多，不过这样的改变并非单纯的外形革新，因为乔布斯在边框内设置了手机最重要的通信零件之——天线，而这也是该机改善信号接收能力的一个先决条件。

## 03　双麦克风降噪

iPhone 4在机身周边的接口、按键上进行了较大幅度的调整，其中该机在机身顶部保留3.5mm耳机接口和电源键的同时，增加了一个圆形小孔，实际上这个小孔就是该机的第二个麦克风，用于吸收噪音，从而实现双麦克风降噪的功效。

iPhone 3GS的音量调节键采用条形式设计，手感欠佳，而在iPhone 4的机身右侧，乔布斯为其设置了两颗分离式圆形按键，相信在手感上会有较大幅度的提升。另外，静音键仍位于音量键上方，继续采用拨动式切换设计。

## 04　边框外置SIM卡插槽

iPhone 4在机身右侧只安排了一个插槽，那

机身边框内置天线

就是外置SIM卡槽。原先iPhone 3GS的SIM卡槽位于机身顶部，由于机身内部结构进行了调整，该位置也移动到了机身右侧，对于用户使用来说不会有任何影响。而取出SIM卡的方式仍和过去一样，借助一个U型针插入小孔，即可弹出SIM卡槽。

至于机身底部，iPhone 4依旧安排了独立扬声器、专用数据线接口及另外一个麦克风孔。值得一提的是，扬声器大小似乎有所增加，而先前消失不见的两颗螺丝钉又重新出现在了数据接口的两侧。

## 05　Retina显示屏技术

在WWDC（苹果电脑全球研发者大会）上，乔布斯着重对外介绍了苹果iPhone 4的重要硬件升级——屏幕。我们知道，iPhone 4采用的是名为"Retina"的屏幕显示技术，该技术支持326ppi显示效果，即每英寸可显示326像素，而人眼所能看到的分辨率的极限数值是300ppi，也就是说，iPhone 4的屏幕显示效果已经超出了人眼的极限。

超出人眼分辨极限的屏幕显示效果

## 06　IPS高分辨率液晶面板

对比iPhone 3GS的传统液晶屏，"Retina"屏幕的最大优势在于：显示单个字母时可以让字体变得相当锐利，实物色彩还原更加真实，网页浏览体验更为舒适等。当然，显示效果的提升也离不开屏幕分辨率的升级，iPhone 4装配了一块3.5英寸、960像素×640像素的IPS液晶面板，尽管屏幕尺寸没有发生任何改变，但分辨率却达到了原来的4倍。

除此之外，我们知道IPS面板的优势是可视角度高、响应速度快、色彩还原准确等，不过相比于目前手机上已经开始使用的AMOLED屏幕，IPS面板仍然在显示效果上略逊一筹，当然这也和成本以及整个液晶市场的走向有关。此外，在沿用疏油屏和多点触控操作的基础上，该屏幕的对比度也达到了800:1。

## 07　新增LED闪光灯和数码变焦功能

拍照功能一直都是iPhone手机的弱项，不过由于目前主流拍照手机镜头已经达到了500万像素，因此苹果公司也及时对iPhone 4作出了调整，不仅内置了一个500万像素摄像头，而且在支持自动对焦的同时还增加了LED闪光灯及五倍数码变焦功能，后者可以借助音量键进行调节。

## 08　720P高清摄像功能

有了出色的摄影功能后，iPhone 4还增加了一项高端摄像功能，那就是720P高清视频摄像，从而成为了iPhone系列第一款具备HD摄录功能的产品。值得一提的是，我们可以使用名为iMovie for iPhone（简称iMovie）的工具，其主要用途为让用户对手机视频进行任意切割、合并、加入图片、增加特效等，使得我们可以完成从拍摄到编辑的一条龙操作。

最初，iMovie是一款为苹果电脑编写的视频剪辑软件，自iMovie 3之后的版本只能运行在Mac OSX上，而这次苹果公司将其引入到手机产品线中，让iPhone 4在视频拍摄后期处理上能够具备更强的操作性和可玩性，仅需短短几分钟就可以按照自己的需求完成一段视频的剪裁工作。

## 09　iOS 4操作系统带来的变化

iPhone 4的另一大看点就是全新升级的iPhone OS 4.0操作系统，或许是为了方便记忆的缘故，苹果公司为其取了一个新名字：iOS 4。

iOS 4最显著的变化莫过于我们期待的多任务处理技术。实际上早在2010年4月初，乔布斯就发布了该平台的预览版，按照乔布斯的话说："在手机多任务领域我们不是最早实现的，但我们将是做得最好的。通过牺牲电池续航以及前端软件性能为代价的多任务其实并不难实现。如果技术不精湛，我们的手机将慢得动弹不得。我们成功解决了以上问题，完好地支持第三方应用以多任务模式运行。这就是我们迟迟才添加此项技术的原因。"

iOS 4的多任务切换方法非常简单，我们只需要双击Home键，就可以弹出一个显示了所有正在运行的程序的新窗口，对于那些商务人士来说，终于实现了边收邮件、边听音乐、边建立文件的目标。

此外，在任务管理器中，我们还可以拖拽不同的工具，同时也支持Folder图标归类管理，简单来说，就是把几个工具放在一个桌面文件夹内。另外，系统还会自动识别工具的种类来为文件夹命名，当然我们也可以对文件名进行自定义设置。

## 10　1GHz Apple A4处理器

除了对操作系统进行全方位升级之外，iPhone 4的处理器规格也发生了变化。iPhone 4搭载了和iPad相同的Apple A4处理器，基于ARM11 Cortex-A9架构，并内置PowerVR SGX53图形引擎，主频同样达到了1GHz。不过，并没有像之前传闻的那样增加64GB版本，机身内存仍为16GB或32GB。

虽然iPhone 4将处理器升级为1GHz Apple A4，但手机的续航能力并没有因此而示弱。官方给出的数据是，iPhone 4具备7小时的通话时间，6小时的3G上网时间，10小时的WiFi浏览时间，10小时视频播放，40小时音乐以及300小时待机时间，通话时间超越了iPhone 3GS 40%之多。

肯定有人会问，在处理器主频提升的情况下，iPhone 4在续航能力上不降反升，这究竟是为什么呢？不要忘了，该机的内置电池大小要比过去多出了16%，这是苹果保障iPhone 4待机时间的关键所在。

## 11　Facetime视频通话

iPhone 4还新加入了Facetime功能，主要用于视频通话，其最大的特点是前置、后置摄像头可以同时使用，但必须通过WiFi网络实现。Facetime功能的加入不仅实现了免费视频通话，而且也提供了互动性更强的交流体验。

## 12　三轴陀螺仪

iPhone 4加入了新感应器三轴陀螺仪，保留了方向感应器、距离感应器和光线感应器，重力感应增加为6方向，可以为各种工具带来更好的应用效果。

乔布斯表示："对于周围的世界，手机变得越来越智能。"这一说法对iPhone 4来说非常贴切。这款手机有5个传感器，其中包括1个陀螺仪。对用户来说，这意味着更酷的游戏和工具。iPhone 4内置的陀螺仪可以在6个轴上感知运动。陀螺仪为游戏带来的功能同飞机中使用的陀螺仪一样，能够测量前倾、滚动和偏航，与加速器协作后，可检测6轴向动作。苹果将之描述为"用户加速、全3D姿势、旋转"。乔布斯说："所有这些功能都与新应用程序接口捆绑，能够为用户提供更精准的位置信息。"

# 第3节 iPhone 4改变生活

*iPhone 4从推出以来，已经引起了很多国家"果粉"们熬夜排队抢购的热潮，这个在美国卖299美元的合约机，在中国卖到6000人民币，而且还要等货，这样的火爆程度让人咂舌，也让我们思考它出现的意义。*

我今天要出去采风，打算在早上9点出发去另外一个城市，并准备坐长途车过去。不过对于长途车的始发站和具体出发时间，我没有什么概念，毕竟出门较少。我掏出iPhone 4，里面有一款名为"全国长途汽车时刻查询系统"的软件，输入"北京汽车站"，一会儿就显示出所有北京站出发的班车信息。看了一下，9点半有一班去目的地的班车，时间也赶得上，就是不知道还有没有票。软件里附带了汽车站的咨询电话，在确认有票后，便出门奔赴汽车站。

坐在行驶中的班车里，我看了下表，已经到了股市开盘的时候了。这两天股市中形势还行，今天的行情怎么样？还得赶紧去瞧瞧。掏出iPhone 4，进入理财文件夹，里面有一款"大智慧"炒股软件。打开该软件，进入"最近浏览"，我所持股票的行情立刻全部显现。看看市场的情况，在线做几次买卖，小赚了一点。

车还在行驶中，那就顺便看看今天有什么新闻吧。iPhone 4里面有一个"手机电视"的子栏目，点击后，可以收看到包括中央1套、5套、新闻频道在内的多套实时电视节目。虽然是在播放视频，但是不用担心电池不够用。

目的地到了，不过，我们对于要去的区域还很陌生。我打开iPhone 4里面的地图软件，输入目的地名称，出发地为"现所处地"，一按搜索，一条到达目的地的线路立刻在手机上出现了，同时，手机还根据步行、公交、开车等交通方式，分别计算出了到达目的地所需要的时间。我看了看，心中有了数，打了车就过去了。

事情办完了，坐上了回家的班车。这个时候，手机上的QQ软件响了起来，掏出一看，原来是公司对于市场开拓的问题需要再沟通一下。我最后解释了对方的问题，并将几个文件打包传了过去。与此同时，我又在QQ上和几个朋友聊了几句，安排了一下晚上的活动。

晚上9点了，忙了一天，我终于回到了家。洗完澡，处理了一些杂事后，就准备睡觉了。这个时候，iPhone 4还能派上用场。拿出手机，找出一款"催眠大师"软件，该程序通过独特的BBT技术（双音拍技术），可以直接作用于睡眠控制中心，促使脑波频率的转换，诱导人体快速进入深度睡眠状态。我试过几次，效果不错。没多久，就进入了梦乡。

从上面的例子我们可以很清楚地看到，iPhone 4改变了我们的生活，不管是出行、工作、生活、娱乐……通过它我们都能很方便地进行操作。人的精力是有限的，我们也不可能对所有的领域都精通，总有需要帮助、需要询问的时候，有了这么一部万用的手机，很多事情我们就可以自行解决。它不仅为我们提供了解决问题的方法，也提高了效率，在现在的快节奏时代，我们对它的依赖也很正常。如果iPhone 4不能达到这些要求，相信我们也不会傻到通宵熬夜排队去购机了。

# 第4节　初步了解iPhone 4

　　**iPhone 4**作为一款最好玩的智能手机，当然有很多地方需要我们一步步地去探索。在这之前，我们可能要熟悉一下它的按键布局，再掌握一些基本的应用方式，当然还有一些用机的小技巧，等这些基本的东西都被我们掌握之后，再去挖掘它奇特的玩法会更加得心应手。这就和"要先学会走，才能学会跑"是一个道理。

"静音"按键

增加音量

减小音量

静音和音量调节按键

电源/休眠

Home

## 01　iPhone 4按键布局

　　iPhone 4上的按键一共只有5个。左上分布有3个，最上面的是"静音"按键，用于快速设置静音功能。下面两个按键是"音量"按键，用于增加和减小手机的音量。

　　回到iPhone 4的正面，我们只看到在底部有一个圆形按键，这个就是"Home"按键，用于退出运行的应用程序，这个按键可能是我们用得最多的一个。

　　在iPhone 4的顶部，我们看到最后一个按键，那就是"电源/休眠"按键（又称为"Power/Sleep"按键），它是用来打开和关闭屏幕的，在长按该键后可在屏幕看到关机的提示。

顶部为"电源/休眠"按键，底部为"Home"按键除了按键之外，iPhone 4的机身上还有一些接口。在顶部上分布有"音频接口"（用于输出声音）和"第二麦克风"，机身的右侧有SIM卡的插口，底部就是"主要麦克风"及"电源和数据传输接口"。"电源和数据传输接口"是iPhone和其他设备进行连接的接口，通过它连接上专用数据线，我们就能与电脑进行连接，同时也可以通过它接上各种外接设备。

"音频接口"和"第二麦克风"　　SIM卡插口　"主要麦克风"及"电源和数据传输接口"

## 02 精彩应用尽在App Store

苹果设备的灵魂就在于App Store（全称为Application Store），通常理解为应用商店。App Store是苹果公司基于旗下移动终端设备（iPhone、iPod Touch、iPad等）的软件应用商店，向移动终端设备的用户提供第三方的应用软件服务，这是苹果开创的一个让网络与手机相融合的新型经营模式。

## 1. App Store

App Store模式的意义在于为第三方软件的提供者提供了方便而又高效的一个软件销售平台，使得第三方软件的提供者参与其中的积极性空前高涨，适应了手机用户们对个性化软件的需求，从而使得手机软件业开始进入了一个高速、良性发展的轨道。

通过这段叙述我们可以知道，如果我们希望iPhone 4能用得更有趣，更能帮助我们做一些事情，那么就需要去App Store上购买应用程序来实现。当然，有20％的免费软件可供我们使用，但是这些免费软件要么是一些正版软件的试用版，功能上有阉割或者有时效性，要么就是粗制滥造的无用软件。当然也有很多不错的免费软件在等着我们去体验，不过要花费很多精力和时间去搜索试用，这也挺让人头痛的。所以说，App Store提供了大量的应用程序，想要使用它们，用户就还需要支付一定的费用，这对于使用惯PC机的用户来说，完全是另外一种消费体验。不过，好东西付点钱，也算是花得对头。

在iTunes中登录App Store

目前购买和安装App Store中的软件十分简单，共有两种方法：一种是通过电脑上的iTunes进入指定App Store页面，选择自己需要安装的软件下载到电脑上，然后通过与iPhone 4的同步进行安装；而另一种方法则是通过iPhone 4上的App Store功能，通过3G网络或是WiFi网络进行查找安装。不过鉴于目前国内3G网络的花费较高，建议先通过电脑进行下载，然后再同步安装。

## 2 . iTunes

iTunes是一个软件，iPhone　4想要和普通PC机进行数据的传输，就需要通过它来同步。也就是说，它是苹果公司官方指定的PC通过USB连接线和iPhone 4进行数据传输的唯一途径，这一招苹果公司使得相当的狠，不过谁叫大家喜欢苹果的产品呢。当然，通过一些软件，iPhone 4也可以使用无线的方式和PC进行数据的传输，但无线网络的支持是前提。

也就是说，我们想要把App Store里的软件安装到iPhone 4中去，就必须用到iTunes软件；不仅如此，包括图片、电影、音乐、电子书、通信录等数据也要通过它来同步到iPhone 4中。可见它完全就是iPhone 4的PC端信息库和控制端。

首先，我们在iTunes中选择"Store"→"创建账户"命令来注册新账号。

创建新的账号

如果暂时没有信用卡又急需某款免费软件，或者就是只希望下载免费软件，那么第一步就要有一定的变化。注册前先到App Store中找一个免费软件进行下载，进入软件的介绍页面后单击"免费应用程序"按钮，会弹出账号登录窗口，这里我们单击"创建新账户"按钮。后面的步骤就与前面介绍的进行账号注册的方式都一样了。

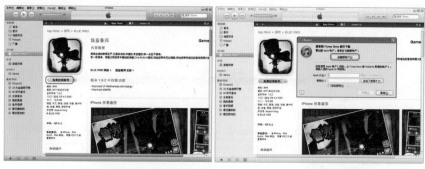

单击"免费应用程序"按钮　　　　　　　　　单击"创建新账户"按钮

下面的步骤比较简单，根据实际情况填写，一步步往下进行即可。注意：所填写的邮箱要为自己可以查看的，因为会往这个邮箱发送确认链接。

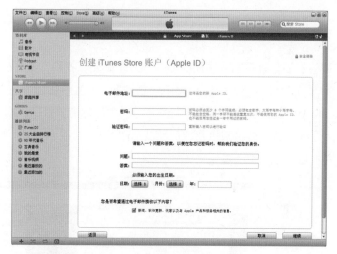

填写注册信息

在"提供付款方式"这个界面中，我们有两种选择，现在没有双币结算信用卡的朋友可以选择"无"单选按钮，否则注册进行不下去。有VISA等国际信用卡的朋友，可以照实填写，确保账户真实有效，因为在App Store里购买软件是从在这个账号中扣款（因为使用美金支付，所以需要我们的信用卡支持美金，在国内很多银行都可办理有双币支付功能的信用卡，办理时间在15个工作日内 )。

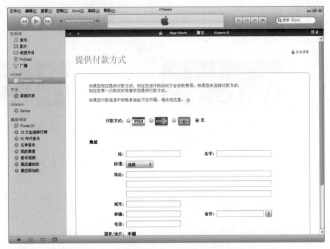

选择"无"单选按钮

完成注册后，打开刚才注册时填写的那个邮箱，找到"Apple ID"验证邮件，并单击验证链接，使注册的用户名被激活。然后在iTunes中依次选择"Store→对这台电脑进行授权"命令，在弹出的窗口中输入刚刚注册的用户名和密码，这样这台被授权的电脑就可以和iPhone 4进行同步了。

输入刚刚注册的用户名和密码并对电脑进行授权

## 03 下载应用程序

这里我们想要下载一些应用程序来扩展iPhone 4的功能，目前在App Store中有几十万个应用程序供我们下载，免费的大概占20%。我们如果想要下载一个免费软件来玩玩是十分方便的，比如需要一个新的音乐播放器，即可去App Store中下载。

我们在iTunes主界面的右下方找到免费应用软件的链接，单击进入后会看到排名前200的免费软件，找到其中类别为"音乐"的任意软件，单击进入其介绍页面。

找到其中类别为"音乐"的任意软件

在介绍页面的左上角单击"音乐"选项，就会进入所有的"音乐"类软件的排行列表。左边是收费"音乐"软件的排行榜，右边是免费"音乐"软件的排行榜。再单击"音乐类免费iPhone软件排行榜"选项，就可以进入所有的免费"音乐"软件的列表。在里面挑选喜欢的软件进行下载就可以了。当然这一切的操作也可以在iPhone 4中的iTunes软件上进行，操作都一样，很方便。

所有的"音乐"类软件的排行列表      所有的免费"音乐"软件的列表

## 04   iPhone 4操作小技巧

在开始使用iPhone 4前，我们可以了解一些操作上的小技巧，有了它们，我们可以在平时使用的时候更加便捷。

**SKILL 01**

**快速回到顶部**

*在**Safari**、**Mail**、联系人及其他应用程序中，我们可以单击一下状态栏，快速卷回到顶部。*

**SKILL 02**

**选择桌面壁纸**

*进入"设置"选项，选择桌面壁纸，单击一下锁定屏幕及主屏幕的图像，然后从自己的相册或是**Apple**设计的各种图片中选择要用的图片。找到想要设置的图片之后，单击一下"设置"选项，然后选择是用做锁定屏幕的壁纸还是用做主屏幕的壁纸，我们也可以设置成两者均使用同一张图片做壁纸。*

**SKILL 03** 拖放大头针

在地图中，我们可以在地图的任意位置上按着不放，来放置一个大头针，方便寻找地址，获取路线图，或查看该地的街景图。

**SKILL 04** 锁定屏幕旋转

我们可以按两下主屏幕按键，启用多任务处理界面，然后从左至右滑动一下，点按开关启用或关闭系统的屏幕方向旋转锁。

**SKILL 05** 点按缩放镜头

只需点按一下屏幕，我们即可启用缩放控制，通过移动滑块在高达*5*倍的倍率之间缩放镜头。

**SKILL 06** 搭配地图使用指南针

我们可以点按两下地图中的定位按键，使用内置的指南针功能，按现在面向的方位来重新摆放地图。

**SKILL 07** 制作*Web Clip*

要在主屏幕添加一个网站，在*Safari*访问网站之后，点按一下屏幕底部的加号按键，再点按一下"加入主画面屏幕"按键即可。

**SKILL 08** 输入技巧

点两下空白键，*iPhone* 会自动加上句号，并将下个字母改为大写。要快速输入数字或符号，按着"*123*"图标不放，然后再输入需要的数字或符号，松手后会自动返回到字母键盘上。按着某个字母不放可以让系统为我们显示相关特殊字元的列表。

**SKILL 09**　　　*滑动播放音乐与影片*

当我们在观看影片或收听音乐时，滑动播放列可以让我们跳转到片段时间线的任何一个位置上。我们可以在拖动时间线时，从上往下滑动手指，将控制从高速移动调整为细部移动。

**SKILL 10**　　　*整理收件箱*

在**Mail**里，我们可以分批删除或移动我们的**Mail**信息。只需要进入收件箱，然后点按"编辑"按键，选择想要整理的**Mail**信息，再点按一下"删除"或"移动"按键即可。

**SKILL 11**　　　*拍一张屏幕快照*

只需要按着主屏幕按键（**Home**），然后按下"睡眠/唤醒"按键，屏幕会先闪动一下，然后系统会将快照保存到我们的**iPhone**中。

**SKILL 12**　　　*点按对焦*

拍摄视频或影片时，我们可以在屏幕上点按想要对焦的位置，**iPhone**便会自动进行对焦，并为我们调整曝光及白平衡参数。

**SKILL13**　　　*滑动删除*

无须开启**Mail**信息或**SMS**信息，我们也可以删除它们。只需要在**Mail**或对话上面滑动一下，"删除"按键就会自动出现，点按一下即可删除内容。

**SKILL14**　　　*剪切、复制与粘贴*

在编辑备忘录、**Mail**、网页或其他应用程序的文字时，我们可以点按两下文字来选中它，通过拖动它们来选择更多或更少的文字。这时我们可以分别点按"剪切"，"复制"或"粘贴"按键。要还原我们的编辑，摇一摇我们的**iPhone**，然后点按"还原"按键即可。

**SKILL 15**　　保存网页上的图片

　　在*Safari*中，我们可以将网页上的图片储存到*iPhone*中，或是进行复制，然后贴到*MMS*或*Mail*信息当中。

**SKILL16**　　在*SMS*短信中显示字数

　　在设置里，点按信息，然后滑动字数统计开关，计数器会在输入超过两行的信息时自动显示出来。 电信公司会按*SMS*字数收取费用，该功能非常方便。

**SKILL 17**　　阅读*iPhone*使用手册

　　如需了解更多使用诀窍、技巧及指引，请点按一下*Safari*中的书签图示，然后选择*iPhone*使用手册。

**SKILL 18**　　输入拉丁文字母

　　按住英文键盘上的某个字母不放（比如*o*或*e*），会弹出相似的拉丁文常用字母。

**SKILL19**　　*Safari*上下左右翻页

　　双击相应方向的空白区域即可，比如要向下翻页，就双击网页靠近底部的空白区域。

# 第5节　实用的周边配件

　　*iPhone 4*配合各种周边配件能够发挥出更加澎湃的技能，也可以说是将某些功能延展到更广的领域。这些实用的周边产品在*iPhone 4*出现之初就在那里，它们天生就是*iPhone 4*最好的伙伴，一起为我们打造地球上最酷的手机应用程序。

## 01 加个套，信号好

iPhone 4 "信号门"的出现让这套名为 "Bumpers" 的iPhone 4官方配件大热起来，它采用橡胶和模压塑料材质，但并不同于普通的硅胶套，原因在于Bumpers只负责保护机身四周边框，可让包括电源键、音量键在内的按钮外露出来，而并不包裹手机的前后面板。这在解决了信号门的同时，也提高了机身在抗摔性上的能耐，可谓一举两得。

信号圈　　　　　　　　　　　裸机　　　　　　　　　　　加上信号圈的效果

## 02 综合管家

苹果官方推出了一个名为iPhone 4 Dock的底座，使用它连接专用数据线可为iPhone 4进行充电，也可同时进行同步操作。iPhone 4 在同步或充电时竖立在此基座上，因此此基座十分适合放在桌面或台面上。它有一个音频线路输出端口，可与有源音箱相连，十分方便。iPhone 4 Dock同时还支持其他的 iPad 配件，例如 USB 电源适配器。我们甚至可以把 iPhone 4 放在其基座中，用扬声器进行通话。

iPhone 4 Dock底座

可以用于充电和摆放iPhone 4

## 03 旅途无忧

在没有充电线缆或忘记带充电线缆的情况下，Kensington旅行电池包和充电器可以为我们提供大量的电力。内置基座接口可随时为我们的iPhone 4进行充电，而翻出式USB接口可让我们无须繁杂线缆即可进行操作。为iPhone 4充电和供电所需的一切都已内置在Kensington旅行电池包和充电器中，有了它我们可以将音乐播放时间延长至23小时，视频播放时间延长至7小时，通话时间延长至5小时，非常适合长途飞行和短线出游。此外，在旅途中，它还可以用做支架，让我们不用手持即可以横向视图观看电影及其他视频。

Kensington旅行电池包和充电器

## 04 播动我的心跳

既然内置了iPod功能，相信大家已经鉴赏过iPhone带来的音乐魅力，优秀的声音不但应该被大家共同分享，而且如果希望能在玩刺激性强的游戏时能让那震撼的音效发挥出它更具穿透性的魔力，一款适合iPhone的音箱就很关键了。

Zeppelin Mini音箱

Zeppelin Mini是Bowers&Wilkins（B&W）推出的一款集成式音响系统，我们听过的许多音乐也许就是在该公司生产的音响的监控下录制的。B&W采用与Abbey Road Studios和Skywalker Ranch等顶级录音室使用的扬声器完全一致的标准开发其iPhone音箱。为了配合用户界面，B&W卡槽端口允许我们像平常一样将iPhone握在手中，

遥控器

可以旋转90度。有了它，我们在用iPhone听歌、看视频时就更加得心应手了。

对于高贵精致的苹果产品，相信大家都会将之视为掌上明珠，由于苹果系列产品外壳极易产生手纹及划痕，因此除了使用上要格外注意外，在保养上更要下功夫，同时一张讲究的膜也极为关键。

iPhone 4专用的液晶保护膜要能够掩盖液晶画面的小刮伤，防止iPhone 4液晶画面受到刮伤、灰尘、油污等侵袭。比如BSIPP2FK这款膜，它就采用特殊的加工方式，薄薄的它有三层构造：特殊涂料层、PET保护层和硅胶树脂层，只要贴上该膜，细小的划痕就会自然消失不见，同时也给你心爱的iPhone 4最贴心的保护。

iPhone 4屏幕保护膜

# 第6节 酷炫的周边产品

*iPhone 4*从最开始的热卖一直延续至今，可以说除了苹果公司暗爽以外，最高兴的要数那些围绕苹果产品开发周边配件的厂商了。这些配件基本上都是实用、新奇及与时尚有关的产品。

## 01 便携同步数据线钥匙扣

便携同步数据线钥匙扣

充电，以及连接电脑同步数据，是iPhone 4最常进行的操作，每次都带着那一卷白色的数据线显得比较麻烦，而且有的时候还容易将其遗落。而在flipSYNC超便携同步数据线钥匙扣出现之后，这些操作将可以更加方便地进行。巧妙的设计让我们可以随身将其携带，除了当做数据线之外，还可以起到钥匙扣的功用，一举两得的产品永远都有喜欢它的人存在。

## 02 运动也要iPhone 4

我们常常在电影或电视上看到，主角一边跑步或运动，一边听着歌曲。有了iPhone 4后，当然还可以一边运动一边接电话了，不过要想做到这一点，还需要运动配件的支持。这类配件轻薄且富有弹性，可以将iPhone 4

轻松地套在手臂上，和自己一起运动，听音乐的同时还可以防止漏接电话。有的还采用硅胶材料制作，设有透气孔，不怕流汗，并能将手机和汗液隔绝开来，避免机器受到汗液的侵蚀。这个配件完全是平时运动的不二法宝，对于热爱锻炼又离不开iPhone 4的朋友来说真是绝佳的装备。

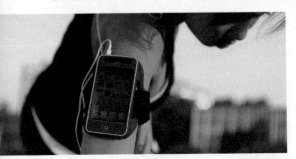

带在手臂上

运动护套

## 03　iPhone 4当成iPad用

Pad-Dock

　　iPad发布时，引来了很多的质疑，大家议论得最多的就是iPad是不是大号的iPhone 4？不管争论的结果是什么，但是更大的屏幕带来了更好的网络体验和阅读性。这对于很多拥有iPhone 4但却没有体验到iPad的用户来说，还是具有一定的吸引力的。现在，又有超酷的周边配件可以解决iPhone 4用户的问题了，这就是iPhone转iPad适配器。

　　这款装备的特点就在于，不用花钱买iPad，就能让iPhone拥有大屏幕显示。将Pad-Dock后面的小门打开，将iPhone 4放进去，屏幕就和iPad一样大了，原理就是简单的放大镜。不过，它是完全可以实现所有触控功能和软件功能的，非常强悍，而且比再买一台iPad实惠很多。

## 04 听歌当然音箱好

无源喇叭

苹果的播放设备早就闻名遐迩了，从iPod开始就如此，在iPhone 4上这个优势当然会继续保持。用耳机或耳麦听歌时间长了容易伤到耳朵，同时在需要与别人分享你手机中的好声音时，一款时尚的便携音箱当然更有用。

适合iPhone 4的便携音箱种类繁多，比如一款名为PhonofoneIII的喇叭造型的音箱就是专为iPhone 4设计的，它采用了经典的留声机造型，依靠纯声学的发声方法，可以将iPhone 4的声音放大4倍。它的另外一大特点就是完全不需要插电，非常有意思。

还有就是基座音箱，我们可以将iPhone 4插入其中，放在桌上，又不占地方，又能收听音乐。还有一款非常漂亮的名为Waldok的苹果系基座音箱，却恰恰相反，它可以插进插座，从而挂在墙上用，看上去就像是一个漂亮的铃铛，同时还播放着美妙的音乐。这样我们连给iPhone 4充电的时间都省了，在平时不用的时候就让它挂在插座上，要充电或者想听音乐的时候，将iPhone 4插上去就行了，十分方便。

基座音箱

## 05　iPhone 4也玩功放

　　如果我们不太满意iPhone 4在播放音乐时的音质，除了换一对耳机之外，还可以为它增加一台功放。大名鼎鼎的铁三角AT-PHA30i超便携功放，就很适合我们这个小小的需求。仅火柴盒大小，20g的重量，其背面设计有夹子，可以像线控一样夹在衣服上。连接好后，能通过正面的按钮进行播放、暂停等常用操作，能有效提升iPhone 4的输出功率和信噪比，当然它无须电池。

iPhone 4功放

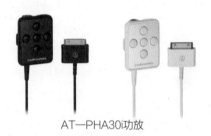

AT—PHA30i功放

iPhone 4支架

## 06　支架的魅力

　　用iPhone 4的高清电子屏阅读纸质书是很好的休闲方式，不过长时间地握持着iPhone 4看书是会感觉疲惫的，一款精致的支架就可以很好地解决这一问题。把它当做摆放iPhone 4的装饰物也好，还是用来当书架支撑iPhone 4进行阅读也罢，都是很好的物件。

　　尤其是在办公区域有这么一个简约、大方的支架，再配合iPhone 4本有的魅力，可以让呆板的办公环境拥有一丝青春的气息。当然像luxa2之类的时尚支架，将简约的设想概念加上奢华素材，更能将我们的品味体现得很明确——简约而不简单。

## 07 变身电话座机

　　手机出现以后，传统电话座机就渐渐地没落了。如今家庭依然安装座机的不多了，人手几部手机都不足为奇。但座机也有手机无法比拟的优势，那就是无辐射，固定使用也方便。这个类似电话座机的iPhone底座Desk Phone Dock，就将iPhone转换成了座机样式，可以像使用座机一样拨打、接听电话，让手机远离我们的耳朵。电话基座上还内置了两个立体扬声器和麦克风，可以手动控制音量的大小。当然了，如果手机没电，那么可以直接通过USB或电源对iPhone进行充电。

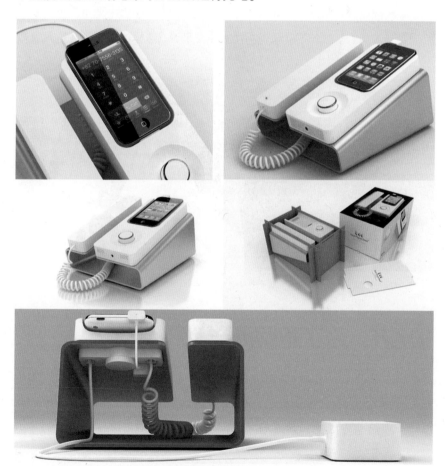

iPhone底座Desk Phone Dock

虽然iPhone 4已经将摄像头升级至500万像素，并且采用了背照式的CMOS传感器，但这样的配置仍然比不上专业的设备。于是就有了各种外接的广角、光变镜头等配件的出现。不过对于摄像来说，还需要像OWLE iPhone Video Rig这种配件来提高iPhone 4在摄像方面的专业性。

OWLE iPhone Video Rig看起来更像一个手柄，集成了0.45×的广角镜头、27mm镜头环和高配置的麦克风。当然，还能再给它装个外接镜头，光学变焦的问题也解决了。另外，它还可以安装在三脚架上拍摄，在功能上考虑得非常周到。对于对摄像有偏好的朋友来说，这样的配件简直是太合适不过了。

OWLE iPhone Video Rig摄影机

# 第7节 为了更强而越狱

越狱，对于每个使用*iPhone*的人来说很重要，但也不那么容易选择。更爱玩、更希望让*iPhone 4*来帮助我们改变习惯，或者说让*iPhone 4*发挥更大的作用的玩家更希望进行越狱操作；而更希望稳定，并且觉得功能够用的玩家会持不同的态度。不管你是哪一类人，都不重要，根据自己的希望来选择生活的方式是每个人的自由。对待手机的态度同样如此，由你的心来选择更适合自己的方式。

## 01 完美越狱

### 1. 准备工作

首先需要下载并安装最新版的iTunes。然后下载设备对应的4.3.3固件。最后，下载红雪 RedSn0w 0.9.6rc16。

### 2. 开始越狱

**第1步**，将iPhone 4升级到iOS 4.3.3版本。使用iTunes线上升级到4.3.3版本比较慢，因为前面我们已经下载了iOS 4.3.3固件到本地，所以利用iTunes读取本地固件升级到iOS 4.3.3更方便快捷。

将iPhone 4和PC用数据线连接，然后打开iTunes，将在"设备"栏中找到并选择"Administrator的iPhone"选项；然后在右边的窗口中找到"恢复"按钮，在按住键盘上的"Shift"键的同时单击"恢复"按钮，在弹出的窗口中，找到事先下载到PC上的iOS 4.3.3固件，单击"打开"按钮即可。当然，如果iPhone 4已经是iOS 4.3.3版本则可略过此步。

升级iPhone 4到iOS 4.3.3版本

**第2步**，使用红雪RedSn0w 0.9.6rc16验证固件。运行红雪RedSn0w 0.9.6rc16，单击"Browse"按钮，选择iOS 4.3.3固件进行验证。验证通过后会出现"IPSW Successfully identified"字样。

单击"Browse"按钮

选择iOS 4.3.3固件进行验证

验证通过

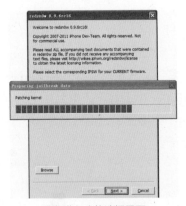
准备进入功能选择界面

---

🔊 **小提示**

● Windows 7及 Vista 用户，需要将 RedSn0w（红雪）调整为 XP 兼容模式。调整方法为，右键单击RedSn0w图标，选择"属性→兼容性→以兼容模式运行"命令即可。

**第3步**，单击"Next"按钮后，出现功能选择界面，iPhone用户只选择"Install Cydia"选项即可。

选择"Install Cydia"选项

**第4步**，单击"Next"按钮后，软件将会提示我们将iPhone连接上电脑，之后关闭iPhone的电源，准备进入DFU模式。

准备进入DFU模式

**第5步**，单击"Next"按钮后，我们需要通过一系列操作才能进入DFU模式：（1）按住电源键3秒；（2）同时按住电源键和"Home"键10秒；（3）在松开电源键的同时，继续按住"Home"键15秒。如果第一次进入DFU模式失败的话，多试几次即可。

按照软件的提示进行操作

**第6步**，成功进入DFU模式后，红雪软件将会自动进入越狱模式。此时，我们只需要等待iPhone完成越狱。根据电脑配置的不同，等待时间会有长有短。若看见一个可爱的奔跑中的菠萝，那就说明，我们的越狱已经成功了。

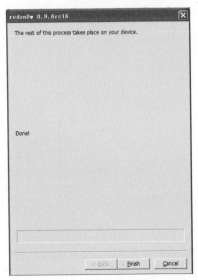

完成后会出现"Finish"按钮，单击即可

在iPhone的界面上我们可以看到
Cydia的图标了

## 02 添加源

如果是第一次越狱，那么在完成以上基础步骤之后，还需要进入Cydia添加源，以方便我们进行后面的插件的安装，因为这些插件都在"源"中可以找到，添加源就好比在iPhone和这些"源"之间建立一个通道，通过这个通道我们才能在"源"中找到想要的插件。

首先还是单击进入Cydia，在首页中我们选择"管理→软件源"命令，进入"管理"页面后能够看到Cydia已经提供了几个源供我们选择，因此这时可以下载一些相应的软件。

选择"管理"命令

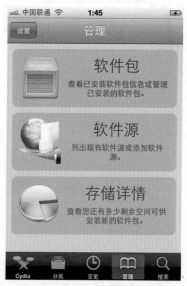

选择"软件源"命令

如果我们不需要这些软件，可单击右上角的"编辑"按钮。之后再单击左上角的"添加"按钮，会弹出添加窗口。在"http://"后面加上"cydia.hackulo.us"，单击"添加源"按钮，接着一直单击"OKey"按钮直到完成，这样一个名为"Hackulo.us"的源就添加好了。

单击右上角的"编辑"按钮

单击左上角的"添加"按钮

可以看到刚才的窗口中会多出一个"Hackulo.us"选项。下面我们可以通过Cydia下载一些扩展插件，而其中一个很关键的扩展插件就在Hackulo.us这个源中。

添加好一个名为Hackulo.us的源

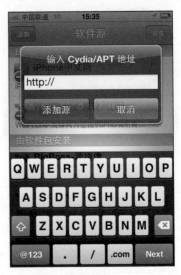

输入源地址

　　成功越狱之后，我们还需要通过 Cydia 安装一些必要的插件，才能让我们手上的 iPhone发挥最大功能。IPA补丁就是越狱后必装的东西，它可以让我们任意安装其他没有通过App Store审核的软件，这些软件有趣而强大，仅仅是没有通过一种审核机制而失去了和用户见面的机会未免可惜。但希望广大用户切记，越狱并不是为了安装盗版软件。

　　单击"软件源"中的"Hackulo.us"选项，在里面找到"AppSync for 4.0+"选项，或者单击"搜索"按钮，进入搜索页面，在页面上方输入"AppSync"，在出现的选项中找到"AppSync for 4.0+"，单击"安装"按钮安装该插件即可。现在，越狱告一段落，更加精彩的手机生活才刚刚开始。

找到"AppSync for 4.0+"

安装插件

# 手掌中的
# 生活 第2章

现在的马桶可以洗、擦、烘一条龙服务，汽车可以自己倒进库里，洋娃娃可以陪你聊天……智能化应用在我们的生活中变得越来越普及了。也许不久的将来，机器人就可以为我们烧菜做饭了。不过在期盼那些未来的智能生活的同时，我们现在就可以在iPhone上率先体验一下掌上智能生活。

# 第1节 理财正当时

物价都在涨，就是工资不肯动。没有生意思维的大脑，只能开源节流想出路。既然其他的做不了，炒炒股、买基金咱还是会。而且面对涨个不停的物价我也开始记账了，平日里大小开支现在我可清楚了，以前乱花钱的习惯现在也有明显的改观。我的生活有了变化，当然也不是偶然，因为我请到了一个"财神"。

## 01 炒股

上班族炒股是很常见的事情了，经常看到一些人在办公室里面偷偷地打开网页查看行情，或进行交易委托。很可爱，也感到一丝的无奈。其实，炒股的方式早就多样化起来，而iPhone炒股早就成为现在很多人喜欢的方式。很简单，你见过在超市门口带着个笔记本电脑炒股的吗？你能在开无聊大会的时候看股票信息吗？你能在没有无线局域网的环境下进行买卖操作吗？这些事情放在iPhone上面就都好办，而且方便、快捷。我们知道炒股的生活如同匆忙地赶路，因为赶路，我们错失了许多人生道路上各种迷人的风景。为了生活而生活，却忘记了品味生活本身的滋味。现在有机会让我们在度假旅游的同时不耽误赚钱，科技真的在改变我们的生活。

### 1. 分析股票

早上开盘前在车上或者家里一边吃着早饭，一般看看外围市场昨天是怎么样的走势，特别是美股半夜开市后的情况（不是美股非要半夜开，是因为有时差），经过这几年的观察，现在的A股受外围市场影响很大，所以外围市场的动向一样值得我们关注。

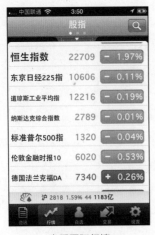
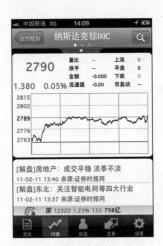

查看国际行情　　　　　　　　　　纳斯达克行情

　　再看看资讯，观察那些对我们操作有帮助的信息，比如某某公司融资了多少，某某公司又出了什么负面消息，而且和生活有关的消息更值得关注，虽然不像融资、扩股这些消息来得那么直接，但是，思考一下它们背后的因素就能明白很多道理，这种需要转几道弯的信息带来的价值更大。这些都是我们在开市前要做的功课，在"资讯"板块下面我们可以得到这些信息，如果还想要了解更多的资料，就直接上网去查啰，iPhone 4在3G网络的上网体验更是让人感到愉悦。

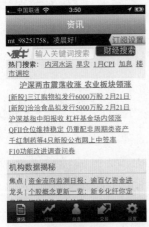

国内股市新闻　　　　　　　　　　资讯详情

到了开盘的时候，需要关注我们事先设置好的自选购票或者有利好、利空消息的个股，开始有目地的去进行操作。在个股分析中，需要关注个股成交统计、主力买卖的走势及流入或流出的力度，能为我们很好地捕捉盘中最佳买入或卖出机会。查找个股可以在股票搜索页面输入股票代码，点击对应的股票就可以进入该股的实时走势图画面。接着点击顶部的三角形按钮，在下拉选项框中选中"基本面"选项，然后就可以分析研究股东研究、最新动态等信息板块了。

查询个股

个股走势

个股其他资讯

股东研究

到了中午休盘的时候先去吃个饭，然后回来就要关注一下亚太地区的情况，特别是港股的恒生指数，它和A股有着密切的联系，在歇够了之后，又要开始对下午的个股实施分析或操作了。

## 2. 委托买卖

委托操作比较简单，在主界面点击"交易"，第一次登录时需要找到我们的开户券商以及开户的点，然后用资金账户和密码进行登录。登录上去后，就可以进行操作了，要买哪只股票，要卖哪只股票，我们在前面当然已经有一定的分析和对策了，现在只要填上希望购买的单价金额和股票数就行了，操作十分简单，能否赚钱就看大家的道行了。

选择开户证券公司

填写账号、交易密码等信息

**小知识**：同花顺功能模块快速通

登录后进入主界面，可以看到软件的所有功能在界面上按从左往右，从上往下以图标形式分布其下：
（1）自选股
- 自选股中显示的是用户关注的股票。点击底部的菜单按钮，可以进行增/删自选股操作，及查看股票其他信息。在屏幕上用手指左右滑动也可以进行股票信息的切换。
（2）大盘
- 大盘面板中，可以看到所有大盘相关指数信息，如上证，深证指数等。
（3）个股

- 查看个股详细信息,通过右上角的"换股票"按钮可以切换到不同股票。
(4)排名
- 涨幅、跌幅最高的股票等相关信息,在排名板块中可以很方便地看到,不同市场的股票排名也可以从这里进行切换。
(5)委托
- 通过委托界面,可以进行股票买卖等操作,但需要在系统菜单中添加营业部。由于笔者没有账号,且委托功能对于玩股票的不会有任何难处,因此笔者在此就不详述了,放已添加营业部图一张。
(6)资讯
- 资讯板块主要是显示那些与股市财经、股评天地等有关的内容,点击各个频道后可观看详细内容。
(7)基金
- 基金板块主要是与基金有关的内容,所有与基金相关的操作在此板块中都可以进行。
(8)设置
- 系统设置界面,在此界面可以进行软件升级等操作。若是已经登录帐户,还能通过设置界面取回在其他平台上登记的自选股。

## 02 记账

随着工作和生活的节奏变得快起来,记账已经不成为我生活的一部分了。当我都不认为会再有勇气去记录我生活的点滴时,转机来了,那是一个月的18号,我光荣地成为了一位月光族,还是半月光,一种从来都没有过的恐慌笼罩着我的心头。静下来思考了一番后,我决定重拾记账的生活,要将我浪费的生活转变过来。但是,现在让我们还像几年前用笔去记录这些肯定有点困难,我都好久没写过字了(电脑时代后遗症),听一个朋友说用手机记账其实很方便,就去给我的"小四"弄了个记账软件。我的要求很简单,需要中文记账,其实我不在乎这个软件是美国人做的还是中国人做的,我在乎的是开发者是不是更懂中文记账。我花的是"人民币"而不是"美元",我需要一看见图标就知道我在记人民币的账,在这一点上我很欣赏"随手记",清晰易识别。

现在我只要遇到有花费的事项就会在iPhone 4中打开"随手记",看到的是简单明了的界面。需要记录事情，就点击中间的"记一笔"，金额输入好，类别填好。日期那一项如果是当天支出当天记录，就不用更改，如果是隔了一段时间才录入的消费，就要把时间那项调整到支出那天的日期。

点击"记一笔"

输入消费金额及类别

点击日期

选择消费日期

　　如果需要将票据留电子档的话，点击左上角的相机图标，就会调出相机让我们拍照，拍好了后就可以作为我们本次消费的存根了，以后记不起来了，看看图片什么都清楚了。这个功能，可以说是相当的贴心。一切都搞定后，点击"存储"按钮，一笔账就这么简单地记录好了。

点击左上角的照相机图标

对消费凭据拍照

当然"记一笔"不仅仅只能记录开销，还可以记录收入，不然怎么能知道我们月底还剩多少呢，成就感又谈何容易呢？很简单，还是点击"记一笔"，在窗口的顶部我们看到默认的是进行"支出"记录，旁边灰色的字就是"收入"，点一下"收入"，变成高亮的白字就跳到了收入项，其他的都不发生变化，照实输入就可以了，什么工资、奖金、灰色收入都统统记上。

收入记录

最后，为了安全起见，这些个人的隐私密码是需要密码来保护的，在主界面点击"设置"选项，找到密码锁定项，输入一个4位密码就好了。都说记账是理财的第一步，我不敢说在这方面有大成就，但是一些体会还是有的，通过这种涓涓细水的方式我们能看到自己生活中在哪些方面的花费最大，自己下来分析是不是必须的，在今后的日子里如何调整。其实就是一种自我约束的简易手段，不过一般来说，只要能坚持都会有成效。

密码锁定

设置密码

# 第2节　网购随身行

*百货大楼的衣服是以千为换算单位的，就连一条汗衫楞敢卖出600元，名为西班牙进口棉，意大利设计师在埃及找到的灵感，法国裁缝一针一线的杰作。不过俺都是挺喜欢的，请问您这里打几折，什么不打折，哦，拜拜。呵呵，淘宝上都打7折了，在您这里试试款式还行，买？我傻啊。我为什么知道这么快，因为我有随身淘宝法器——iPhone 4，找宝、买宝一条龙。*

## 01　淘宝任我行

在淘宝网上购物的行为在现代人的生活中是很平常的事情，淘宝网店的生意也异常的火爆。可是电脑实在不方便随身携带并使用，总不能蹲在公车上地铁里就摆开上网的架势吧！用iPhone 4淘宝就不会受时间限制，随时随地都能让玩家享受购物乐趣。

手机淘宝中的"宝贝"分类

iPhone 4购物虽然没有电脑上网购物那样普遍，但是操作却跟电脑上网一样简单容易。只需要输入地址"www.taobao.com"，就可以进入淘宝界面了。当然我们也可以选择淘宝针对iPhone的专用程序来登录，速度快，查询方便；针对性更强。如果要购买运动类服饰，可到服饰专区的分类中找到运动服的板块，所有的宝贝都一览无余地摆在眼前，供我们尽情挑选。

服饰专区浏览

如果有明确的目标需要找，在主屏幕点击"搜索"，输入要查找的宝贝，在搜到信息里再分别查看即可。

搜索特定商品

搜索结果

经过货比三家，反复筛选，终于选定了中意的宝贝，接下来就需要确认付款了，支付宝和网银的付款方式都可以选择。

使用支付宝付款

选择好付款方式，并完成付款后，看到了"支付成功"之类的提示，那就安心等着收货吧。看吧，iPhone 4购物就是这么简单，不过你也不要小看这个步骤，只有把这个步骤练得得心应手，你才可能向下一步进发，成为一个合格的秒杀者。

## 02 付款很方便

自己喜欢的宝贝在拍下后，还不是你的，淘宝实行的规则是先付费到第三方也就是阿里巴巴公司旗下的支付宝，等你收到货确认后，支付宝才会把钱支付给卖家。当然我们还可以选择其他付费方式——信用卡、借记卡等都是很方便的，不过一般情况下我们为了安全起见还是使用支付宝的方式来付款，当然遇到有货到付款方式供我们使用那更是不能放过的，毕竟这是卖家对自己的产品有相当信心的一种表现，在不付钱就能先验货的好事前，我从来不手软，当然这种方式要卖家提供才行，不像支付宝、信用卡、借记卡是默认的商品付款方式。

在iPhone上为淘宝里的宝贝付款我们需要打开"支付宝"软件，第一次登录需要我们开通手机支付宝在本手机上的使用权限，我们先将代码通过手机发送到指定号码，得到反馈的短信后，将短信中的网址在iPhone中打看即可。

首次使用需要用短信开通支付宝在本手机的权限

登录支付宝后就能看到需要我们的待付款的交易。在最终确认无误后，我们就可以打款过去了。什么？支付账号里没有钱了，没关系我们马上对账号进行充值，一般来说，"话费充值卡充值"和"网上银行充值"是最好用最快的方法。

查看待付款的交易

支付宝充值

如果使用"话费充值卡充值"，那就需购买充值卡，一般在烟摊、小区的通信店内都能买到。对于急于付款希望卖家尽快发货的买家来说就要使用"网上银行充值"，现在支付宝只支持招商银行在线充值。输入希望充值的金额，然后我们会去招商银行的在线支付平台，如实填写密码和卡号信息并确定，然后等待支付宝充值生效就能进行付款交易了。所以这里要提醒的是，对于秒杀一类的拼速度和反应的活动，我们还是要保证支付宝里有充足的"银弹"。

话费充值卡充值

网上银行充值

去境外旅游现在很是普遍，从最早流行的新马泰，到欧洲十国游，大家是乐此不疲地进行着。出一次国，对大多数人来说并不容易，采购成为了永恒的话题。如果是去像中国香港这样的购物天堂，看着琳琅满目的免税商品，以及比内地更低的价格，大家都有一种冲动的欲望。当然，汇率是购物当中的一个阻碍，虽说有不少国家提供了人民币购物的服务，可是在某个阶段使用其他货币来购物也许更划算。但这对于我们普通人来说，汇率首先就是个问题。

iPhone 4在这方面有它很强大的优势，丰富的汇率查询让这个难题变得更容易了，只要有3G网或WiFi网的地方，还能做到汇率的即时更新。点击打开iMoney HD，我们立即就看到三个国家的汇率兑换显示在面前，这个在境外购物的时候，对比两种不同货币的购买力时最方便。最上面的国家货币被作为基准货币，所以我们点击"美元"的时候，可以输入要兑换的数值。

选择基准货币　　　　　　　　　　输入实际消费金额

基准货币在下面的类似"老虎机"的滚筒中可以任意更改，这里提供了17种货币，所以可以设置17种货币为基准货币，进而进行更多的不同货币之间的汇率对比。

调整基准货币　　　　　　　　　　　　可以任意就三种货币汇率进行查询

　　点击"Rates"，就可以看到另外16种货币和基准货币之间的汇率情况，我们还可以滑动下方的三个滚动条来选择货币。

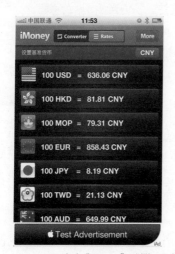 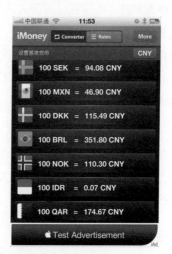

点击"Rates"，浏览16种货币和基准货币间的汇率

有了这个小工具，的确让境外购物时的汇率问题变得更容易了，我们也能将更多的精力投入到购物上。

# 第3节  玩转微博

以前玩博客的时候，大家还是建立在分享这个层面上。现在玩上微博了，写、读双方完全占在同一个平台上，想什么写什么，看到的人也能进行同样的议论以及提出意见。这就好像一群老朋友在一起讨论身边趣事一样，但是大家却并不认识。拓宽了讨论的人群，加强了名人和草根的对话，这种形式的交流火爆起来那是很自然的事情。

## 01 开始广播

新浪微博可能是现在人气最火爆，最有看头的微博基地。人嘛，群居动物，都喜欢凑热闹，玩微博同样如此，要想获得更多人的关注，我们当然首先需要一个拥有更多注册数的微博基地了。新浪微博无疑是国内微博网站中做得最好的，针对iPhone 4也有专门的应用推出，现在iPhone 4上玩新浪微博有两种方法。

手机网页版微博界面

第一，直接在浏览器中输入"t.sina.cn"访问新浪微博的WAP版本，这种方式可以很快地开始浏览微博，只是色彩不丰富，适合追求速度的网友，不能上传图片。

第二，就是在iPhone 4上安一个"新浪微博"软件，在App Store里直接搜索新浪后下载"新浪微博"即可。用iPhone 4版的新浪微博最大的感受就是界面漂亮、输入方便、支持图片的发送、支持多账户、支持发布和显示地理位置，用这玩意儿玩微博，很是给力。

新浪微博APP     界面、功能强悍不少

　　最关键的是，我们可以充分利用iPhone 4的拍照功能，将随时发生的事情拍下来，立刻发送到微博上，让广大"围脖"一起来围观探讨。这个功能将极大地拓宽我们的视野，可以说是足不出户就能了解到很远地方发生的事情，比如一个偏远山区孩子的生活我们在微博上就能很清楚地了解到。而且照片传递的真实感，有时候比语言来得更直接，更能拨动心弦。

　　点击主界面左上方的撰写博客的图标，在界面中选择相机图标，选择"拍照"，拍摄好想要的画面，发送出去，1到2秒钟，粉丝们就能在微博上看到我的现场纪实了。

点击相机图标   选择拍照   撰写文字   带图微博发表

　　茫茫微博中，如何凸显你的微博？如何增加你的吸引力，让自己也体验一把明星的感觉？互动、内容、推广、沟通、吸引、讨论……只要不犯法，我们就要用上。

　　美女诱惑是互动的一大利器，是网络推广中常用的法宝，玩微博的男性远大于女性，而美女头像总是能在众多头像中闪闪发亮。单击一下美女总不会浪费男生们很多时间吧？所以弄个美女头像，是吸引人的第一步。

上传头像

加上头像让别人更容易记住你

　　主动关注别人是很常用的方法，你可以添加很多你不认识的人为关注，然后等着这些人上线后加你关注。但主动加别人关注也是有方法的，我们需要关注成功率。多关注在线的人，多关注名人、同城、同行业、校友……

　　对于感兴趣的话题多评论一下或者转发一下。这样，别人才知道你和他有相同的爱好，有共同的语言，才会主动关注你。可以到"热门话题"去找寻自己感兴趣的题材，点击加入进去讨论。

多混热门话题　　　　　　　　　　紧跟时事潮流

　　如何让粉丝数快速、稳定地增长？内容是关键，言简意赅、清晰明了的标题，能凸显你要表达的意思，是吸引人的第一利器；包装标题时可以用【】括起，或是加入囧、惊爆、超强、飞一会儿等网络词当前缀。如，这样两条微博你觉得那个标题更有吸引力呢："今天去吃鱼"和【囧！被刺卡住现场直播】，后者既概括了内容，又吸引眼球。

用好用活一切醒目的符号来发言

在内容上少发无病呻吟的话，多发幽默的文字、图片，尤其是身边的趣事。喜剧总是能让人心情舒畅；好的视频、经典的话语，能感动你，也同样会使更多人产生共鸣。字数不是关键，能用5个字表达，尽量不要用10个字；要有度、有趣、有用、够新、够快、够奇。图片、音频能上的都上，增加真实感，提供符合现代人喜欢的阅读方式，图片是其中最好办的，iPhone 4上的拍照功能那是相当的方便。

多用一些小技巧，比如使用"@ #xxx# @"某人，能被某人看到，同时被你的粉丝看到。用"#xxx#"能突显某个话题元素，一目了然，增加关注度。主账号与辅账号之间的互动，如用马甲号对互动主号做一些辅助性的评论、转发等总结。

多用@来发言

只有主动关注别人，别人才会关注你

如果想要粉丝多多，就要用心经营自己的微博，只要用心你会找到更多有效的方法，还有就是坚持到底，没有时间的积累，想要一蹴而就是很不靠谱的事情，少去想，潜下心来做，再加上一些宣传手段，出个小名是很容易的事情。

新浪、网易、腾讯、搜狐、人人、139、豆瓣……这些热门的微博，可能我们至少都注册了两三个了吧，要不是每次发博客的时候，要我一遍遍地复制、粘贴微博内容，那我绝对会都注册一个地址。但想想每次发微博的痛苦感，这个念头就自动消失了。懒人有懒招，聪明人有聪明人的办法，但在iPhone 4上一切都不是问题。

## 1. 同步有妙法

同步微博的地方到处有，Follow 5、9911微博、139说客都可以，各有特色，像Follow 5就能同步到twitter、嘀咕、做啥、人人、新浪微博、139说客等。9911微博，可以同步到twitter、凤凰微博、搜狐微博、网易微博、新浪微博等。139说客，可以绑定的微博有9911微博、新浪微博、搜狐微博、网易微博、豆瓣等。

Follow 5主界面

139说客主界面

这几种同步方式都差不多，选个适合自己的就可以了。但是Follow 5才有专门针对iPhone 4优化的应用程序，所以选择一个更有利的方式何乐而不为呢。

现在我们就先到Follow 5的网站上去注册一个ID，然后登录进去，在窗口的左边找到"我已开通的分享/同步方式"，可以看到我们已经同步了的微博地址。点击这里，我们还可以选择更多的微博地址进行同步。

点击"我已开通的分享/同步方式"　　　　选择需要同步的微博网站

　　选择一个想要同步的微博网站，比如我们要同步139说客上我们的微博地址，在选择"139说客"图标后，会弹出一个对话框，我们只要填入在139说客上注册的ID和密码，然后点击"登录"按钮就可以了。

输入用户名和密码开通微博同步

　　发个消息试试，几个微博都很好地执行了同步，我们在Follow 5说客上发表的内容同时出现在我们绑定的几个微博网站上了。现在我们不再为拥有多个微博无法同时发文章而担心了，一步到位省心快速。

# 第4节 生活小助手

*生活在城市，每天的忙碌让我们既充实又疲惫，真想找个人为自己分担一些，不用撑起一片天，只要能帮助打理点小事就可以了。准时叫我起床，早上报告一下今天的天气情况，告诉我今天的工作进度安排，是不是该交物业费了……这样的佣人每个月怎么也得5000元吧？对不起要6000，不过这是一次性付费，至"死"方休，你在哪里找到的？手机市场。手机市场你能找到佣人，扯淡吧？能，不过我说的不是人，它是我的爱机——iPhone 4。*

## 01 晨醒服务

没有谁能保证自己像机器人一样准时起床上班，因此需要依靠外部事物来提醒我们，而且不论你是企业老总还是普通职员，都是一样的。闹钟的发明就是为了这个目的，现在的钟表都已经成为了装饰物，一般人都不会用它提醒自己早上起床了。取代闹钟的当然是智能手机了，作为现在人人都离不开的东西，手机上的闹钟功能是极其强大的，不过要想体会到人性化的闹钟服务还得在iPhone 4上来感受。

iPhone 4当然具备闹钟功能，但我们用Absalt EasyWakeup来替代更好。打开Absalt EasyWakeup，看到界面非常简单干脆，不像其他的普通闹钟软件那样，弄了一大堆华而不实的功能。它只是做到，在早晨将你舒服地唤醒。

点击左下角的闹钟

设定闹钟响铃的时间

将旋律设置为自己喜欢的就行，小睡功能可以根据自己的情况灵活使用，对于习惯闹钟响两次才起床的"赖床鬼"很有用处。

设置闹铃旋律　　　　设定小睡功能，以及停止响铃的方式

所有的设置都完成后，点击右边的蓝色向右的箭头就可以开启闹钟了。大字显示的是当前的时间，小字显示的是要叫醒我们的时间。

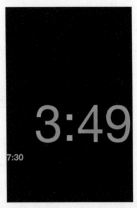

启动闹钟

## 02　记事我在行

人的精力是有限的，一天这么多杂事需要我们处理，不记下来怎么得了。记在纸上？容易丢！记在本上？不好查看。那就记手机上吧，这个主意很不错。手机反正都是随时带着的，浪费资源的事可不能做。iPhone 4上

有专门的备忘录可以用，不过分类和检索上不够方便，我们要借用的是"乐顺备忘录"这个小工具。

通过"乐顺备忘录"我们可将在iPhone 4上平时的生活、工作、休闲的时间和对应的事情都做好安排，而且还可以将亲朋好友或者重要客户的生日作为时间点记录在案，到时间或我们会收到来自iPhone 4的温馨提示。

"乐顺备忘录"主界面

我们只需要在iPhone上打开"乐顺备忘录"，在左边栏选择我们需要记录或者安排事项所属的文件。比如我想要后天吃完中午饭后去买衣服，就打开"购物"备忘录，点击右上角的"+（添加）"符号，在"纸"上写下要做的事情；然后点击"到期日"，设置需要办这件事的日期，或者说是需要什么时候来提醒我们。全都设置好后，点击左上角的"左箭头"符号就行了。

打开购物备忘录                                                新建一条备忘信息

我们的生活、工作、娱乐、重要事件都可以在这上面制定一个系统的安排，哪怕是一个小小的想法我们都可以记录下来，不用担心事后再也想不起了，这样忠心高效的私人秘书真是"请"得值。

新建好的备忘信息

## 03　天气随时报

天气预报对于我们现在的生活来说已经成为必不可少的一种资讯，在科技发达的现在，很多人已经不通过电视来知道天气情况了，通过网络、手机也能很方便地了解到。在iPhone 4上，看天气预报已经不是一种对资讯的了解，还是一种美的享受，就算不认识字一样能知道今天是什么样的天气，多少度的温度。这在出差或者旅游的时候，可以提前知道目的地城市的天气情况，更能让我们合理地安排自己的行程。

　　点击开Weather HD，扑面而来的是一个动态显示天气预报的界面，效果华丽，就像前面说到的一样，看这种效果的天气预报需要文字吗？

一目了然的天气预报

形象的图片让我们不用看文字就知道天气情况

它支持全球50000以上的城市天气预报。可以每次显示从当日开始算起以后一个星期的天气情况。

我们可以查看一周内的天气情况

　　想要添加其他要关注的城市天气预报，可在屏幕上用手指点击"i"这个符号，在出现的窗口中点击左上角的"+"符号，输入城市的英文或拼音，找到并添加我们需要关注的城市。比如要去上海出差，我们就在查找框键入"Shanghai"，找到并确认就可以了，很方便。

点击设置　　　　　　　　　　　添加需要关注天气的城市

世界这么大，就算在自己生长的城市中都不可能有人能做到认识每一条路，找不到路的时候肯定就要去咨询别人，所以常听老人说"路在嘴上"就是这个道理。现在不一样了，GPS的发展让我们可以通过卫星清楚地找到我们想去的地方，iPhone 4上自带的Google地图就是个好手，可以带领我们遨游天涯海角，观看卫星图像，从沙漠、高山到海洋、峡谷，一切尽收眼底。

进入Google地图，会根据用户的当前IP自动判断出用户所在的城市，并自动将位置定位在用户所在的位置上，通过两个指头收缩与拉伸的动作来进行地图的缩小和放大，从而选定适合我们使用的地图大小。

Google地图

放大地图

点击右下角的按钮，我们可以看到在翘起的右下角还有几个按钮，我们选择卫星就可以把地图变成卫星地图。

卫星地图　　　　　　　　　　　　卫星地图放大效果

　　Google地图自带一个实用的功能，我们可以直接在搜索栏输入我们想要找的商家的名称，比如搜索"星巴克"。然后我们可以看到已经在谷歌登记的商家信息与位置，选择一个后点击右侧的三角按钮，在接下来的界面我们可以看到部分信息，可以把当前地点作为终点或者起点来进行导航。待我们选择好终点以后，再点击右下角的"前往"按钮。

搜索目的地　　　　　　　　　　　　目的地详情

点击"前往"图标之后，Google地图会自动在地图上画出路线，并提示全程公里数，以及到达目的地所需要的大概的时间，点击右上角的"出发"按钮，接下来就跟大部分GPS导航一样了，按照路线出发。

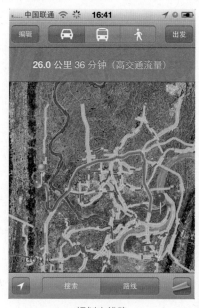

规划出线路

开始导航

# iPhone 4
## 移动办公 第3章

现代工作的忙碌使得大批白领们形成了雷厉风行的做事风格，或许在休闲娱乐的时候都会接到要求处理待办事情的电话。如果在家还好，如果行走在外的话还不得不想办法到处找网吧去下邮件，看文档，忙着和客户联系，很不方便。现在，iPhone 4的出现让移动办公成为切实可行的方案，只需一只手机就能搞定一切。

# 第1节 电子邮件

电子邮件已经成为我们生活和工作中必不可少的事物，出门在外有时候就会遇到错过重要邮件的情况，有可能是老板限时的任务、也有可能是客户发来的重要协议……这个时候我们就需要一个能随时随地收取查阅邮件的方案。*iPhone 4*在这个方面做得相当出色，收发邮件速度极快，在无线网络条件好的地方，完全可以当做电脑来使用。

## 01  什么邮箱都能用

要想在iPhone 4上收发电子邮件，需要先做一番简单的设置。在iPhone 4上默认提供了mobileme、Gmail、YAHOO、Aol.这些国外常用的电子邮件服务。不过也预留了一项"其他"，可以供我们添加其他网站提供的电子邮件服务，比如我们国内常用的163邮箱、QQ邮箱等。

### 1. 设置邮箱

如果是第一次设置邮箱，可以在iPhone 4主屏幕上轻按"Mail"，会出现"欢迎使用Mail"界面，因为是添加国内常用的邮箱，所以这里选择"其他"选项。

点击主界面中的"Mail"

选择"其他"项

出现"新建账户"的界面，在"名称"处填入邮箱的中文名字，比如搜狐、网易等；"地址"处填入邮箱ID，随后将邮箱密码填上，描述会根据我们填入的邮箱ID，自行生成，可以不用填写。填写完后，点击"下一步"按钮，等待几秒钟，如果填写的信息无误，就会登录上我们的邮箱（当然前提是我们已经连上网络），同时邮箱最新的50封邮件会下载到手机中。

在"新建账号"界面中输入信息

收取电子邮件

点开刚刚设置好的邮箱，打开一封邮件看看，内容完全没有损失，原汁原味。点击下方的"分享"按键，会出现回复、转发等选择，并且可以将邮件中的图片保存到手机上，如果我们收到的工作邮件中有图片信息，这个功能就能很方便地让我们保留有用的图像信息了。

邮件内容

分享邮箱内容

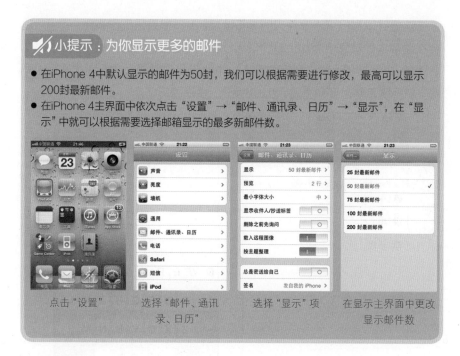

**小提示**：为你显示更多的邮件

- 在iPhone 4中默认显示的邮件为50封，我们可以根据需要进行修改，最高可以显示200封最新邮件。
- 在iPhone 4主界面中依次点击"设置"→"邮件、通讯录、日历"→"显示"，在"显示"中就可以根据需要选择邮箱显示的最多新邮件数。

点击"设置"　　　　选择"邮件、通讯　　　　选择"显示"项　　　　在显示主界面中更改
　　　　　　　　　　录、日历"　　　　　　　　　　　　　　　　　　显示邮件数

## 2. 写邮件

　　邮箱设置好了，邮件也收到了。我们可以试一试看发送邮件是否正常，以免在以后工作生活中需要用到的时候才发现不好用就可笑了。

　　在"收件箱"界面，点击右下角的"写邮件"按钮，出现"新邮件"界面。

点击"写邮件"　　　　　　　　　　　　"新邮件"界面

这里可以自行填入收件人的邮箱地址，当然如果是工作邮件，我们一般会在联系人的信息中添加上邮件信息，这个时候我们只需要点击"收件人"右边的"+"按钮，在"所有联系人"中找到我们需要发送邮件的联系人即可。最后填写好内容和主题，点击"发送"按钮就行了。

在"所有联系人"中查找联系人

发送邮件

现在我基本不在电脑上收发邮件了，也不用为了等某个很重要的工作邮件而错过和朋友的聚会。

## 02 邮件删、建同步操作

我们在生活和工作中，使用邮箱是很频繁的事情，在手机上登录我们的邮箱固然方便了我们平时收发邮件，但是带了一个问题，我们在手机上收发邮件，并不能改变在邮件服务器上的邮件。举例说就是，我们在手机上删除某封邮件后，邮件服务器上这封邮件还是依然存在的，以后我们在电脑上登录邮箱，这封邮件依然会出现。这样就会给我们在管理邮件上带来了更多的麻烦。想象一下，如果每天都收取10封工作邮件，时间长了，一旦手机不在身边，需要我们从电脑上查看以前的某一封重要工作邮件时，那将是灾难。

所以，我们需要具有同步操作功能的邮件服务，也就是IMAP服务。具有这种功能的邮件服务，在手机上添加邮箱的时候就有一点小小的变化。

依次点击"设置"→"邮件、通讯录、日历"→"添加账户"→"其他"选项。

点击"设置"

选择"邮件、通讯录、日历"选项

选择"添加账户"选项

选择"其他"选项

这里选择"添加邮件账户"，在弹出的"新建账户"界面中填入我们需要在手机上登录的邮箱信息，到这里和设置新邮箱都很类似，但请注意填写邮箱密码的时候需要填入错误密码（苹果系统默认使用POP3邮件服务，如果需要使用IMAP服务，需要故意写错才能修改）。

选择"添加邮件账户"

填入新邮箱信息

等待一会后系统会弹出"无法取得邮件"的信息，同时出现了IMAP和POP两种邮件服务的选择界面。这里选择"IMAP"，在"收件服务器"的"主机名称"处填入"imap.163.com"；在"发件服务器"的"主机名称"处填入"smtp.163.com"，这时两处的密码都要填写上邮箱正确的密码（网易是默认开放了IMAP邮件服务功能的邮箱，所以这里以它作为例子，其他邮件服务商是默认关闭了此功能，如果其他邮箱要在iPhone 4上实现实时同步的功能，就需要事先从电脑上登录邮箱开启此功能）。

弹出"无法取得邮件"信息　　　在"IMAP"项中填入信息

点击"完成"，等待验证，验证完成后，点击"存储"按钮，在这里我们可以将邮箱中的"邮件"以及"备忘录"和手机同步。存储好后，我们打开"收件箱"收取邮件后，试试删除一封邮件，删除后，再从电脑上登录邮件看看，刚刚删除的邮件在邮件服务器端也被删除。以后，就不用担心电子邮件在电脑端和手机端上"各自为政"了，操作同步也会极大地提高工作的效率。

同步邮件和备忘录　　　　　　收取邮件

在iPhone 4中收邮件时，需要我们在点开"Mail"后，才会弹出新邮件的信息。对于随时都需要通过邮件和客户、同事沟通工作的情况，就需要我们迅速快捷地在第一时间阅读邮件并反馈信息，特别是有时候需要等待一封很重要的邮件，我们不可能一遍又一遍地刷新邮箱吧。所以通过iPhone 4的"邮件推送"功能，实时收取邮件才是正道，而且流量小、效率高，是大家办公的好帮手。

iPhone原生支持的邮件推送技术，一种是微软Exchange系统，另一种是苹果原创需要收费的mobileme。虽然基于IMAP技术的邮箱，也能基本实现实时收邮件，但那是为传统PC设计的，其流量大，效率低，不太适合iPhone这样的移动系统。所以，在免费的Exchange系统和收费的mobileme之间进行选择就不难了。不过支持Exchange系统的都是商业邮件系统，一般的个人邮件是用不上这个功能的，但是微软的Hotmail和Google的Gmail均已宣布将为这两大免费邮件系统在iPhone额外提供免费的Exchange支持。下面我们就来实现这个功能。

依次点击"设置"→"邮件、通讯录、日历"→"添加账户"→"其他"选项，然后选择"Microsoft Exchange"选项。

点击"设置"

选择"邮件、通讯录、日历"选项

选择"添加账户"选项

选择"Microsoft Exchange"选项

第3章 iPhone 4移动办公

在"电子邮件"处输入我们的Hotmail邮箱地址（或者Gmail邮箱），"域"这项不填，"用户名"这项再次输入邮箱地址，最后填写好密码，在"描述"处推荐填入一个易记的名字。点击"下一步"按钮，此时会连接服务器做一个验证，之后会要求输入服务器的地址，如果是Hotmail邮箱就输入：m.hotmail.com；如果是Gmail邮箱就输入：m.google.com。

填入邮箱信息

邮箱验证中

点击"下一步"之后，会出现邮件、通讯录、日历三项可以与微软服务器（或Google服务器）同步的内容。邮件当然是必选的，如果选择日历和联系人，我们的日历和通讯录会同步保存在微软服务器（或Google服务器）上。不过同步时如果我们的iPhone 4中已经有了本地通讯录，记得选择"保留在我的iPhone上"，并且第一次同步"通讯录"前可用iTunes在电脑上将通讯录进行备份，以免误操作无法恢复通讯录。

选择同步后本地通讯录的处理方式

保留本地通讯录

点击"存储"后，一个具有推送功能的邮箱就设置好了，以后收到新邮件，就会像收到短消息一样，发出铃声并且振动手机。相信在等待重要邮件的时候，这个功能就帮上大忙了。

"推送"功能在及时收取邮件上十分有效

# 第2节　电子文档任我用

既然是办公达人，在这个移动设备开始大行其道的社会，移动办公已经成为我们生活、工作中很重要的部分。特别是出门在外，有重要的文件需要处理，没有电脑怎么办？正在和久别的朋友谈天叙旧，老大却要你处理一份简单的文件，回不回公司呢？对于职场达人来说，这一切都不是需要担心的问题，*iPhone*作为最合适的移动办公平台会帮助我们解决一切问题的。

## 01　多格式文档浏览

对于移动办公来说，最重要的一点就是需要在各种终端上阅读大量不同格式的电子文档，最常见的微软Office文档、PDF、TXT等都是天天需要打交道的。在iPhone上要实现移动办公，那么首先要面对的就是各种电子文档的阅读和浏览。

首选当然是GoodReader，作为我们移动办公的好助手，它可以打开多种电子文档，如Word、Excel、PowerPoint、PDF、TXT等，还可以播放

iPhone默认格式的视频文件和音频文件，当然HTML这种网页格式的文件也不在话下。

## 1. 文档上传

首先我们需要将文档上传到GoodReader上，除了常用的用数据线通过iTunes将PC上的文件上载到iPhone中以外，一般最常见的就是通过无线的方式，将PC上的文件上传到iPhone上。打开软件，找到并点击主界面左下角的WiFi按钮，根据网络情况会得到一个访问手机的IP地址。

左下角的WiFi图标

打开iPhone端的WiFi传输

现在，在PC的浏览器中输入该IP地址，会在浏览器中出现iPhone连接界面。点击"浏览"按钮，选定将上传到PC上的文档，选择好后点击"上传选定文件"将开始上传。

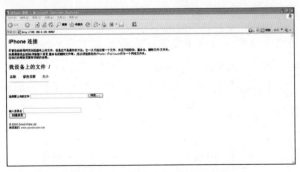

在PC上输入iPhone上得到的IP地址

在传输的过程中，iPhone上的GoodReader会出现"请不要按停止按钮，正在传输"的警告。

文档传输中

文件上传好后，在浏览器上的iPhone连接窗口会看到这些文件的名称、修改日期、大小等信息。

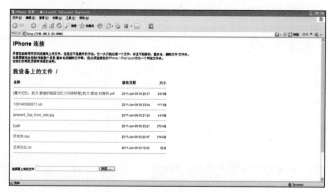

文件传输完成

文件传输结束后，在iPhone上点击"停止"按钮，切断和电脑的无线连接。

停止iPhone上的WiFi传输
功能

现在，我们可以发现，在GoodReader中的"我的文档"中，刚刚上传的文档都存放于此。

点击"我的文档"

上传的文档都在"我的文档"中

## 2. 文档浏览

在GoodReader中浏览文档十分方便，直接单击要浏览的文档即可，一般几秒钟内就会将内容呈现在我们面前，这对于日常需要大量阅读电子文档的朋友来说极其好用。

PDF浏览效果

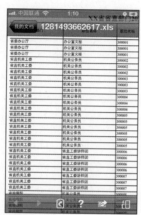

Excel浏览效果

图片浏览效果

Word浏览效果

TXT文本浏览效果

PPT浏览效果

## 02 文档、表格、幻灯片好编辑

对于工作或生活中的一些电子文档，我们不仅需要查阅，能够修改编辑才会使得移动办公的生活得以完全地发挥其灵活处理文件的优势，能够收到并查看一个重要的电子文档，当老板和客户需要你修改并反馈给他们的时候，能够编辑修改文档的功能就十分重要了。

在iPhone上有很多软件都能实现各种电子文档编辑修改的功能，不过最顺手的还是要数Quickoffice（效率办公），对于现代快节奏的工作来说，稳定有效率的工作状态是基本的要求，也就是说Quickoffice对于这一基本要求当然能够满足，不仅如此，在"云存储服务"方面的支持更让我们在移动办公上得心应手。

### 1. 传输文档

众所周知，iPhone是不能像电脑般自由地拷贝文件的，只能通过某些软件以及WiFi网络来实现。Quickoffice当然具有这种功能，在iPhone上打开软件，如果处于WiFi网络中，在主界面的下方我们可以看到一个IP地址。

打开Quickoffice的WiFi传输

下面就需要到同处于这个WiFi网络中的电脑的浏览器上输入这个IP地址，如果网络通顺，很快就能看到Quickoffice在电脑的浏览器上的无线连接主界面。

在PC上输入iPhone上得到的IP地址

点击右上角的"上载文件"按钮，出现"上载队列"界面。

点击"上载文件"按钮

点击"添加文件"按钮，会弹出"选择文件"窗口，在这个窗口我们可以找到需要上传的文件（注意每次只能添加一个文件，如需上传多个文件，需要重复添加文件）。

选择要上传的文件

需要上传到iPhone上的文件添加完后，点击"上载"按钮。

上载选定好的文件

根据文件大小上载的时间不一，一般几百KB的文档，几秒钟就能上传好，上载完成后，在页面左边我们就可以看到这些文件了。

文件上载完成

回到iPhone端，在Quickoffice的主界面上点击"Administrator的iPhone"，进入到"Documents"界面，刚刚上传的电子文档都存放到了这里，下面根据需要进行修改即可。

点击"Administrator的iPhone"

浏览刚刚上载的文件

## 2. 编辑文档

Quickoffice可以打开编辑微软的Word、Excel、PowerPoint文档，最高支持到Office 2007中的这三种格式的电子文档，除此外还可以打开浏览PDF和JPG文件。Quickoffice有个特点，在每次打开文档时都会询问是否将文档另存为新文件，这有利于将原文件留来备份。而且，经过

Quickoffice编辑的文档会有一定的缩小，对于移动办公来说在网络条件不好的情况下就占有有利的地位了。

### （1）Word文档

Quickoffice是支持中文的，因此对于中文文档的编辑是完全没有问题的。字体、文字大小、斜体、下画线、字数统计、查找、撤销等功能应有尽有，完全满足类似Word文档的编辑和修改。

调整字体

查找功能

撤销步骤

文字输入

### （2）Excel文档

Quickoffice对于Excel文档的编辑也很牛，字体、对齐方式、边框、单元格都能调整，插入列、插入行也很方便，当然查找、撤销更是不在话下。

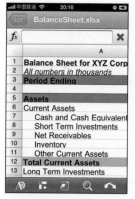
编辑Excel文件

字体调整

插入行及列

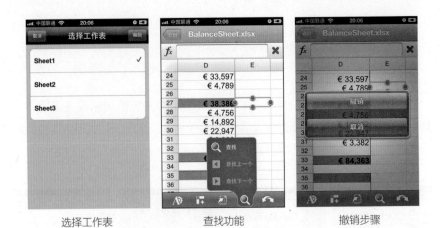

| 选择工作表 | 查找功能 | 撤销步骤 |

最好是我们可以插入使用各种函数，这对于编辑Excel文档来说是极其重要的。点击需要插入函数的单元格，点击左上角的"fx"按钮，出现"函数类别"界面，在这里我们可以选择需要插入的函数。

| 点击"fx"按钮 | 选择要插入的函数 |

### （3）PowerPoint文档

Quickoffice支持PowerPoint的大纲、备注、幻灯等视图，查看方便，并且可以模拟电脑屏幕原样显示幻灯片。通过特殊的硬件，Quickoffice还支持演讲者实现用iPhone与电脑同步来控制幻灯片的翻页，在演讲者需要移动演讲的时候特别有用。

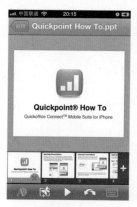

编辑PPT文件

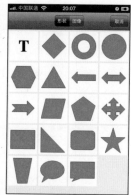

字体调整

插入形状

插入图像

撤销步骤

输入文字

## 03 编辑邮件中的附件

在实际的生活工作中，我们常常会收到带附件的电子文档，需要我们处理修改后，再反馈回去，而iPhone上又不能将附件中的电子文档下载到手机上，那么如何修改邮件中的附件并反馈，对于我们平时移动办公来说是很重要的。

打开我们收到的邮件，有附件的邮件在邮件名的旁边会出现一个曲别针的图案。

打开一封有附件的邮件

点击邮件中的附件

　　点击附件会询问打开方式，如果只安装了一个可以阅读或打开该格式文档的软件，那么会直接调用该软件打开文档。如果iPhone中安装了多个软件，可以点击"打开方式…"来选择一个软件，对于我们来说当然选择Quickoffice。

点击"打开方式…"

选择用Quickoffice打开文件

　　用Quickoffice编辑文档之后，点击"返回"按钮，会询问使用哪种存储方式，一般选择"另存为"选项，让原始文档作为备份保存。

打开并编辑附件中的文件 　　　　　　　　"另存为"文件

　　这个时候会出现"选择文件夹"界面，询问文档将存储到哪个文件夹中，点击左下角的"新建文件夹"按钮可以新建一个文件夹，并将我们的文件保存在其中。如果点击"选择Documents"，那么文档将保存在根目录下。

选择将文件保存在哪里 　　　　　　选择将文件保存在哪个文件夹

　　文档保存完毕后，我们就需要将其反馈给需要的人。点击"发送邮件"按钮，在需要当做附件的文件前面打上钩，然后点击"发送"按钮（注意文件夹是不能整体当做附件来发送的，因此在文件夹前面会出现X形符号）。

选择将刚刚编辑过的文件用邮件分享　　　　勾选需要分享的文件

　　这个时候会出现"新邮件"界面，在发件人处填写我们iPhone上设置好的邮箱地址，如果前面已经通过Quickoffice发送过附件，那么发件人处会自动使用上次的邮箱地址。收件人处的邮箱地址，可以手动填写，或者点击右边的+号，通过"通讯录"的联系人来添加邮箱地址。

点击收件人右边的"+"号　　　　　选择要发送邮件的联系人

　　当然前提是，联系人在被添加到通讯录中的时候，其邮箱地址已经记录在案。

选定联系人　　　　　　　　　邮件填写完成

　　将收件人的邮箱填写好后，点击"新邮件"界面右上角的"发送"按钮，邮件将发送出去，发送的时间视邮件中附件的大小而定。

发送邮件

## 04　云存储办公

　　我们在平时工作生活中会遇到这样的问题，在家里、公司可能都存储着同样的电子文档，哪一份才是最新修改的？哪一份需要给老板查阅？哪一份只能留给自己看？这在电子文档比较少，稍微仔细的情况下当然不会弄错。但是一旦文件多了起来，我们在处理工作的同时，还要花精力去分辨文件的新旧，完全是浪费精力。当然只存在U盘或移动硬盘中肯定不会搞错了，不过你敢吗？U盘或移动硬盘要是坏了、丢了，就什么都没有了，这是花时间都不能挽回的事情了。

现在，iPhone上实现了移动办公，家里、公司、手机上都能处理文档了，在又多了一个办公平台的同时，我们就更得考虑文档的统一性和安全性了。云存储服务，无疑是最好的解决方案，在Quickoffice中，我们就能很方便地实现这一功能，不过要注意的是Quickoffice有两个版本，Pro版才支持云存储服务。

在Quickoffice主界面中，点击右上角的"编辑"按钮，在出现的界面中点击"添加账户"选项。

点击"编辑"按钮

选择"添加账户"

Quickoffice支持Google Docs、Dropbox、box、mobileme、huddle、SugarSync等云存储服务，当然都是国外的服务商，对于移动办公来说稳定第一，因此SugarSync比较可靠。所以，选择SugarSync，在弹出的界面中，填入在注册SugarSync时候的邮箱以及密码，说明可以根据需要来填写，等会儿在Quickoffice主界面会以说明中填写的文字来标识我们的云存储服务。

选择"SugarSync"项

填入账户信息

在通过验证之后，我们在Quickoffice的主界面就会出现一个名为"Sugar文档（前面一步说明中填写的文字）"的云存储服务，点击进去会出现存储在云服务器上的内容（当然这些文件和文件夹都是事先在电脑上通过SugarSync客户端上传到网上的）。

云存储选项建立完成

打开SugarSync服务器中的内容

选择"Home"中的内容

浏览文件

# 第3节　业务随时谈

现代社会，网络的利用已经成为工作和生活的必须。在网上进行业务的交流更是节约时间、避免尴尬、具有思考的缓冲余地的一种沟通方式，而且在协商事情的时候，在聊天工具中都会有聊天记录，日后还可以当做粗略的谈判记录来查看。所以，现在办公谈事情，网上联系是相当的频繁。

## 01　QQ最方便

iPhone 4本来就是移动电话，现在3G网络的普及，让QQ这一国内最流行的聊天工具在iPhone上有了新的用处。

iPhone 4上QQ的登录和电脑上一样简单，输入用户名和密码，设置好登录状态就可以联线聊天了。需要提醒的是由于有记住密码和自动登录的设置，虽然方便，但是为了保护自己的隐私，最好不要选择"自动登录"和"记住我的密码"两项。登录后我们看到的是好友界面，和电脑上的方式一样排列，上手非常之快。

QQ主界面　　　　　　　　　好友界面

　　找到需要聊天的联系人，双击其图标，就可以进行沟通了，可以看到自己发出的内容和联系人发来的内容，并且可以很方便地区别出来。

点击一个好友进行聊天　　　　　　　聊天界面

不要以为iPhone上的QQ在功能上就减弱了，像添加/删除好友都能很方便地操作。在外谈业务，万一遇到了需要临时添加新的好友，就在登录账号后的主界面点击右上角的"+"图标，在"搜索好友"中输入联系人的账号就可以添加他为好友了，和电脑上十分相似。

选择添加好友

输入好友账号

　　如果需要删除某个联系人，就点击这个联系人右边的箭头符号，打开"详情"界面，在里面点击"删除好友"即可。

选择添加好友

输入好友账号

有的时候我们需要在线了解某个重要的QQ信息，又不方便一直盯着手机的时候，就需要打开QQ的推送服务，在主界面点击"设置"，在"设置"界面中，将"通知推送"服务打开。但是如果要做到关闭iPhone上的QQ，却希望收到消息通知，还要重新登录QQ并在"记住我的密码"前面打上钩。设置好后，只要有了QQ消息，我们就能第一时间收到了，绝对让沟通在第一时间进行。

要启用推送功能，需要勾选"记住我的密码"

打开"通知推送"服务

当然，对于一些在外不方便参与的讨论，比如说，同事们在QQ群内讨论某个项目的时候，我们在iPhone上就可以很方便地参与进去了，不再需要提着一个笔记本在大街上费力地敲打键盘。

　　对于一个资深白领来说，国内长途电话沟通事情早就不是新鲜事，有时候还需要和老外进行沟通，国际长途免不了，公司一般的座机电话基本没有开通国际长途，要谈业务，这可怎么办？网上联系有时候说不清楚一些事情，这个时候Skype当然就是我们的首选了，既能整合到我的iPhone 4中，又能极其便宜地打国际长途，而且，直接拨打对方的手机或座机都很方便，作为一种通信的补充渠道在关键的时候还是挺管用的。

　　Skype在iPhone 4上的操作十分简单，打开它，进入登录界面，我们输入密码和账号登录即可，这些都是建立在事先有账号的情况下。

　　如果第一次申请可以到Skype官方网站去申请，就像去申请一个免费邮箱一样简单。充值和购买套餐，根据自己的需要进行选择即可。

填入Skype用户信息

购买通话套餐

在主界面登录上去后，拨号是无用的，除非我们将状态设定为"在线"。依次点击"我的信息→状态"，将账号设置为"在线"。

依次点击"我的信息→状态"

将状态设置为"在线"

现在进入"呼叫"画面，输入联系人的号码，不过要注意加上要拨打地区的国家代码和区号，比如中国北京地区的一个座机号码就在加拨"+86010"后再输入要拨的号码。如果是拨打手机，在"+86"后直接加拨手机号码即可。

拨打电话

电话接通

如果购买了欧洲区的套餐，那么，在套餐固定的分钟数内，想聊多久就聊多久，而且花费是相当地便宜。对于从事外贸事物的朋友来说，通话费用将大大减少。

　　不过为了让你国外的合作伙伴能够随时找到你，可以购买一个Skype的线上号码，在他们需要同你联系的时候，直接拨打这个号码就能找到你了，这样就和真正的移动电话功能一样了，当然除了不能拨打紧急电话之外。

购买"在线号码"

选择一个在线号码

我们知道聊天工具都有自己的独立客户端，不管是在电脑上还是在iPhone上，如果出差在外我们需要使用不同的聊天工具和不同客户进行交流，那么频繁地切换软件是件很麻烦的事情，在时间至上的现代社会，提高办事效率是赢得职场先机的一大法宝。因此，IM+这个东西就因此出现了。

IM+最大的特点就是，我们可以用Skype、AOL、MSN、Twitter、Facebook等聊天工具的账号同时登录，在一个界面上就可以看到不同聊天工具中的联系人。从而实现了一个软件通吃N个聊天工具的方便事，带给我们的是效率的极大提高。

打开IM+，在"添加单个账户"中选择一个需要使用的聊天软件，这里选择国外比较常见的MSN，点击"下一个"。在出现的界面中输入MSN的账号和密码，并选择是否打开"推送新邮件通知"。

添加MSN账号

填入信息

第3章 iPhone 4移动办公

等待一会儿，我们的MSN账号就登录上了。现在我们需要添加另外的聊天账号：点击界面上的"更多"，进入"账户"界面，点击"编辑"按钮。

登录上MSN

在"账户"界面点击"编辑"

在出现的界面中点击左上角的"+"图标添加一个新的账号，这里我们选择添加一个Skype账号。

点击左上角的"+"

添加一个Skype账户

Skype账号登录上后，在"账户"界面我们就能看到MSN和Skype账号都登录上了，回到聊天界面，我们发现，MSN和Skype上的用户都在一个界面上出现了。

在"账户"可以看到注册的
各种账户

MSN和Skype上的用户在
同一界面上出现

如果我们的上家客户使用的是Skype，下家客户用的是MSN，那么，我们就可以一边同下家客户杀价，一边同上家客户宣传我们产品的质量。上下一起使劲，我们这个中间商这下就做得轻松了许多，很多工作流程都简化了不少，投入产出比也提高了，以前要1个小时才能沟通完的事情，现在半个小时不到就能做完了。

与Skype用户聊天

与MSN用户聊天

# 移动娱乐中心

## 第4章

平时的生活和工作已经够忙了，能够在有限的时间里进行一些有益身心的娱乐休闲活动不仅有利于释放压力，还能够让我们以更饱满的姿态去迎接下面的工作。这种随时随地的娱乐在iPhone 4上能够发挥得淋漓尽致，不管是午饭后的休闲时间，还是在回家的地铁上；不管是听音乐、玩视频还是好玩的通关游戏都能让我们乐在其中。

# 第1节 手机视频乐翻天

*iPhone 4*的出现带给我们更多的享受，在视频录制和播放上，更有得天独厚的优势，*720P*的高清拍摄功能能把"扫街"拍摄提高到了一个新的程度。不仅在画面上更清晰，还能进行快速的编辑，可谓拍、编一条龙。而能够播放高清视频则让手机看电影的时代更加多姿多彩。

## 01 视频拍、编、传一条龙

相信在网络如此发达的今天，我们可以在网上找到很多有趣的事情，但是本着眼见为实的原则，越来越多的人们把他们看到的事情录制下来放到网上供大家欣赏。于是乎，一些发生在离自己很远地方的事情我们也能看到现场情况了，这是以前根本无法想象的。在iPhone 4上我们不仅能拍摄得更清晰，还能做一些简单的处理，让我们上传的视频更精简、更明确。

iMovie无疑是iPhone 4上最实用的视频编辑工具，作为苹果公司为旗下设备专门开发的APP，有了它可以让我们快速地对视频文件进行剪辑、添加主题、添加语音、添加文字并分享到网络等一条龙操作。

打开iMovie，如果是首次使用，会出现"轻按+来开始新的项目"选项。点击后会新建一个项目，这时会提供两个选择，一是插入已经存在于iPhone中的视频文件，二是录制一段视频来使用。

添加新的视频项目　　　　　　　　选择添加视频或拍摄一段视频

　　一般情况下我们都是先拍摄好视频再编辑，所以这里选择插入视频，会自动将iPhone中拍摄好的视频排列出来供我们选择。选择需要编辑的视频后，点击中间的插入箭头按钮，被选中的视频文件将出现在编辑界面中。

选取要插入的视频　　　　　　　　进入视频编辑界面

　　下面我们会根据视频的风格，为其定制一个主题。在编辑界面中点击右上角的设置按钮，进入"项目设置"界面，在这里我们可以有现代、明快、欢快、霓虹、旅行、简洁、新闻、CNN iReport等八种不同风格的主题可以选择，并且可以决定是否使用主题音乐，如果选择使用，那么整个视频的背景音乐将会是选定主题下的背景音乐。视频是否采用淡入、淡出方式也在这里设置，设置完毕点击"完成"即可。

选择主题

主题设置好后，接下来我们就需要为视频添加上所需要的文字了。回到视频编辑界面，双击下部的视频轨道线会弹出"剪辑设置"界面，点击"标题样式"，在出现的界面中我们可以选择文字标题在哪个位置出现，设置好后点击"完成"按钮，在编辑界面中我们就可以看到添加上去的文字了。

"剪辑设置"界面

选择文字出现的位置

显示出添加的文字

添加新的视频项目

当然整段视频不一定都符合我们的需要，掐头去尾的工作在iMovie上还是能很方便地进行的。轻点时间线，会出现黄色的线框，视频的头和尾部会有一条带有黄点的线，拖动这2条线我们可以将不需要的部分删除掉，剩下的当然就是我们需要的部分。如果一个视频中有几段是我们需要的，那么我们就可以将这个视频多插入几次，然后将这些视频进行分别的裁剪，剩下的就是我们需要的了。

视频的编辑工作结束后，点击界面左上角的"返回"按钮。回到iMovie的主界面，在这里我们可以看到刚刚编辑完的视频项目。

剪辑好的视频

视频编辑好后，我们除了用来自己看以外，还可以将其分享给他人。在主界面，点击下方的分享按钮，会出现"将影片共享到"选项，在这里我们可以将编辑好的视频发送到YouTube、Facebook等视频网站。如果选择"相机胶卷"将会把视频保存到iPhone中。

主界面 选择"相机胶卷"

如果要保存到iPhone中,我们可以选择一种视频质量,或者说是压缩方式,一般来说360P的质量完全能够在网络上传播。如果希望保留高清的视频效果,选择720P也绝对不会错。

选择视频的压缩方式 导出中

视频导出完成后，退出软件，在iPhone 4的主界面中找到并点击"照片"，在"照片"中我们可以找到刚刚通过iMovie导出的视频文件。

添加新的视频项目

## 02 移动影院一手握

我们经常看见有人在地铁里、公园中用MP4、MP5看电影，但是这种小屏幕画面看起来的确比较费劲，特别是像字幕、影视特技等细节看不清都会影响影片的实际观赏效果。iPhone 4的出现将移动影音提高到了一个新的境界，不仅仅是拥有超过人眼极限的分辨率，而且支持高清电影的播放，在iPhone 4的屏幕上我们可以看到更完美的高清画质，它无疑是最佳的掌上移动影院。

iPhone 4本身支持多种视频格式的直接播放，特别是对.mp4高清视频提供的直接支持，让iPhone 4成为了新的高清宠儿。不过，下载高清片源是非常费时的事情，而且片源又少，虽然在线视频点播中有很多都是高清版的，但是在外使用的时候，我们总不能期望用3G套餐那点可怜的流量去看一部高清电影吧？尤其是一些新片，在上市初期根本就找不到高清片源，那继续等吗？当然不了，那我们就拷贝一些其他格式的片源先看着吧，毕竟AVI，RMVB，RM，WMV这些主流格式的片源是很容易找到的。

问题又来了，iPhone 4只支持MP4、MOV格式的视频，这让我们的愿望落空了，不过解决问题的方法在群众的智慧下，永远都有解决的办法。只要我们在iPhone 4上安装一些视频播放软件如AVPlayer HD，我们就可以绕过iPhone 4上原来附带的原生视频播放器，将电影通过iTunes拷贝到iPhone 4上，用AVPlayer来播放，这可是支持多种主流视频格式的利器，今后我们就可以把其他格式的电影统统拷贝到iPhone 4中，让这个移动影院更加出色了。

### 1. 无线方式拷贝视频

AVPlayer提供了无线上传的方式，我们可以很方便地将电脑上的视频文件拷贝到iPhone 4上。打看AVPlayer软件，在主界面中找到并点击"WI-FI Transfer"。

AVPlayer主界面

打开AVPlayer的无线传输模式，我们会得到一个IP地址，现在手机上的操作结束。

进入无线传输模式

现在到我们的电脑上打开IE浏览器（注意电脑要同手机处于同一网络中），输入上步中提示的IP地址"http://192.168.0.10:8080"，出现电脑端的拷贝界面。

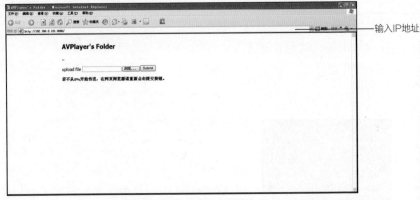

在电脑的IE地址栏处输入IP地址

单击浏览按钮在电脑中找到需要拷贝到iPhone 4上的视频文件，点击"打开"按钮进行确定。然后，点击"Submit"按钮将视频文件拷贝到手机上。

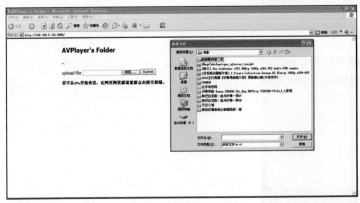

浏览电脑中的视频文件

传输过程中iPhone 4会显示传输的过程，让我们很清楚地了解到视频拷贝的进程。

视频文件拷贝中

传输结束后，在电脑端拷贝界面上我们会看到刚刚拷贝到iPhone 4上的文件出现了。

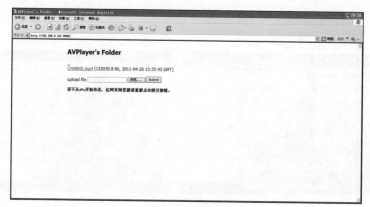

视频文件拷贝完成

在iPhone 4上我们点击左上角的"退出"按钮回到主界面，选择第一项"Media Explorer"进入"文档"界面，如果视频拷贝成功，我们会在这里找到。

在主界面选择第一项"文档"　　　　视频文件已经拷贝到iPhone 4上

　　点击拷贝好的视屏文件就可以进入播放状态，默认情况下在播放界面的四周会出现操控按键，诸如进度条、播放/暂停、播放速度调节等功能都能找到。如果想清爽地欣赏视频，只需轻轻点击一下播放界面即可。

默认播放界面　　　　　　　　　　　全屏播放

## 2. 通过iTunes拷贝视频

　　当然，在没有无线的环境下，我们还可以通过iTunes从电脑中将视频拷贝到iPhone 4上，这个方式需要iPhone 4通过数据线和电脑进行连接。

　　将iPhone 4和电脑通过数据线连接好后，在电脑上打开iTunes，点击iTunes界面左面的"设备"下方的iPhone。

在iTunes上选择连接到电脑的iPhone

在右边的iPhone界面中顶部找到并点击"应用程序"项，然后拖动右边的滑动条，在"应用程序"小窗口中找到AVPlayer软件图标，点击后，在右边窗口会出现"AVPlayer的文稿"界面。

进入"应用程序"界面

在"AVPlayer的文稿"界面中，点击"添加"按钮，找到并添加视频文件即可。

浏览并拷贝电脑中的视频文件到iPhone

视频拷贝完成后，在"AVPlayer的文稿"界面中就能看到刚刚拷贝的
视频文件了。

视频拷贝完毕

同时，在iPhone 4上的
"文档"界面中我们也能找
到刚刚拷贝的视频文件。

iPhone 4上查看
拷贝的视频文件

## 3. 为视频文件归类

AVPlayer软件还为视频文件提供了文件夹功
能，在"文档"界面，点击右下角的文件夹图标，
新建一个文件夹。

新建文件夹

文件夹图标

提示我们输入文件夹的名字，这里为了归纳电影类的视频文件，所以将文件夹命名为"电影"。

为文件夹命名

同理我们还可以为MTV类的视频文件创建一个命名为"MV"的文件夹。

新建好的"电影"文件夹

再次创建一个命名为"MV"的文件夹

文件夹建立好后，就可以将视频文件进行分类放置了，点击"文档"界面右上角的"设置"按钮，让各种文件进入编辑状态。选择我们要移动的视频文件，选定后的文件在其前方的方框上会出现一个钩，当然一次性可以勾选多个文件。然后，点击"文档"界面底部中间的"文件移动"图标。

进入编辑状态　　　　　　　　　　　　　选择要移动的文件

进入"文件移动"界面后，可以选择文件要移动到哪个文件夹中。这里选择"电影"，移动完成后，会自动回到"文档"界面，这时我们可以看到刚才选定的视屏文件就移动到了"电影"文件夹中。

选择要移动到的文件夹　　　　　　　　　移动结束

用同样的操作可以将其他的文件移动到MV中。以后，我们查找视频文件就方便了许多。

移动歌曲类视频文件到MV文件夹中

## 03　网络视频随身看

刚才听朋友说网上又出了Lady gaga最新潮装的视频，贾斯丁伯比的新MV已经在土豆网上被人登出来了……这么多好玩的视频那得赶紧开播，什么没电脑，我不需要它，iPhone 4难道是摆设，可能iPhone 4上最成熟的应用除了游戏就要数在线视频点播了。通过iPhone 4和3G网络我可以看到很多视频网站上的东西，而且点播速度那是相当的快，完全感觉不到是在线观看，最关键的是随时随地地看，太方便了。

目前国内的视频点播软件在APP Store中都是免费下载的，提供免费的视频和电影咨询。我们只需要下载它们相应的软件到iPhone 4中即可。PPTV、土豆、Vgo、QQLive HD、奇艺、CCTV、凤凰移动台HD等都是必备的"利器"，内容按需索取即可，最重要的是快速，还免费。

## 1. 土豆网

　　土豆网是中国的网络视频门户网站之一，记得最初开始提供在线视频浏览的就是土豆网了，不仅有丰富的国内视频资源，还有很多国外的视频，不过国外的视频一般以搞笑、猎奇等内容为主，毕竟这些内容不用翻译就可以看懂，对话类型的基本没有市场。可以说通过土豆网我们最主要的是看一些稀奇古怪的自拍视频以及综艺娱乐节目。

iPhone上的土豆网

土豆网主页推荐视频

## 2. Vgo

　　Vgo的节目是由最新、电影、电视和片花四个板块组成的。"最新"自然不用说，包含的是最新的电影和电视内容。而"电影"板块则包含了各种类型、年份和地区的电影。随意点击一部电影，将可以看到关于这部电影的各种信息和剧情简介，这些可以作为选择观看的参考。"电视"板块则多了一个电视排行榜，其他方面是和"电影"的界面一致的。"片花"板块则主要是电影的片花，可惜的是数量不够丰富。

Vgo主界面                          Vgo节目单

Vgo所提供的影片，整体的观看效果十分理想。无论是窗口模式观看还是全屏模式观看，所获得的观看体验都是相当清晰和流畅的。需要指出的是，由于Vgo的电影及电视来源均为中国电信天翼视讯所提供的正版片源，因此最新的影片数量不多。但是其优秀的画面播放效果和观看体验，还是能够让用户获得很不错的使用体验的。

## 3. 奇艺影视

奇艺影视对于喜欢在线电影的朋友一定要收藏。光看它的主界面就要精致专业许多，包括超大的推荐图和精美的高分辨率电影电视剧封面，让浏览者有一种每个片子都想看的冲动。奇艺影视内容丰富多元，涵盖电影、电视剧、纪录片、娱乐等热门视频，持续更新内容；视频播放清晰流畅，操作界面也比较简单友好。

相比其他视频播放客户端，奇艺客户端可以进行断点续播，可随时查看自己的播放记录，并选择在上次中断的地方继续观看。iPhone 4上观看奇艺视频的清晰度和流畅度与电脑上的高品质播放效果一致。

除了视频断点续播功能之外，奇艺影视还提供了相关的系列视频连续播放的功能，只要你愿意，就可以使用奇艺视频一口气看完几十集的电视剧或者任何长篇视频。

奇艺主界面

播放奇艺视频

## 4. TV BOX

这个是目前电视频道最多的应用程序，如果你是一位喜欢在手机上看电视，或者说没有更多的时间呆在电视面前，而又希望在某一时刻能看到电视节目的朋友，那么这个应用程序是完全不应该错过的。尤其是我们在办公室，或者其他无法看到电视的地方，那么用它我们就可以收看到NBA、足球、网球等赛事，当然还能看到其他一些在有限电视上收不到的频道，这才是此应用程序的关键所在。

TV BOX主界面　　　　　　　　播放网络电视

　　不管你喜欢哪种类型的视频或者使用哪种点播软件，不可否认的是这些都建立在iPhone 4优良的视频播放能力和便于携带的优势上，当我们手捧iPhone 4躺在地铁上观看F1赛事的时候，这种便利才是终极的享受。

## 5. PPTV

　　PPTV网络电视是一款全球安装量最大的网络电视。最新电影、热播剧、NBA英超赛事直播、游戏竞技、动漫综艺全部免费在线观看。

PPTV主界面　　　　　　　　视频播放

如果你是一个电影迷或者电视剧控，在PPTV中也许就能满足你随时随地观看最新电影或者电视剧的要求了。

# 第2节　音乐随心玩

音乐对于每个人来说都有不同的理解，可以是欢快的、忧伤的、喜庆的、疯狂的、抒情的、奔放的，音乐对于我们人类来说是很好的一种情绪的宣泄。所以，在生活中我们随时都能感受到音乐给我们带来的感悟。在 *iPhone 4* 上，音乐的功能是一种传承的技艺，从 *iPod* 开始，苹果的设备都和音乐分不开了，现在 *iPhone 4* 上乐器应用的加入让这一切又进入了新的境界，普通人不管会不会乐器，都能玩上两把，而且也不用去买什么乐器了，*iPhone 4* 上有你玩不尽的乐器，或许以后的某位音乐大师就是从 *iPhone 4* 上获取灵感也说不定。

## 01 用架子鼓谱写爱的乐章

真不知道那些将乐器融入到iPhone 4上的家伙，一天脑子里都在想什么。这么好的点子都让他们实现了。吉他、架子鼓、钢琴……这些平时对于我们普通人很少接触的乐器，都可以通过iPhone 4很好地展现。对于一个有一定兴趣学习乐器，却苦于乐器花费太高的人来说，iPhone 4或许是他开始音乐生涯的一个起步。毕竟花费很少的金钱就能同时拥有各种乐器，这是再好不过的事情了。

iPhone 4上的BAND应用给我们提供这种机会，进入它的主界面，比较专业的气场一下子就跃入眼帘，节拍器、录音、乐曲一个都不少。

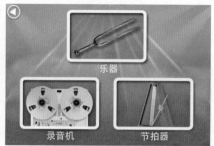

BAND主界面        选择演奏方式

点击"演奏-乐器"我们就可以使用芬克鼓、低音吉他、三角钢琴、摇滚鼓等乐器进行一首歌曲不同部分的演奏。

芬克鼓演奏

低音吉他演奏

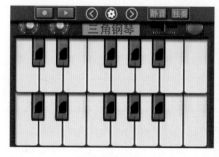

三角钢琴演奏

摇滚鼓演奏

如果有需要，我们也可以加入12小节蓝调、观众欢呼声等音效，让我们演奏的歌曲更有临场感。

12小节蓝调

加入临场欢呼声

如果想听听别人演奏的曲目，很简单，点选"载入/保存"在界面中的1、2、3，选择一首歌曲载入就能听到了。跟着别人的节拍开始学习，也是一种很有效的方式。

载入编录好的曲目

不用多说了，开始你的音乐之旅吧，也许开始的时候演奏得差点，不过只要能带领你稍微进入门道，多加练习还是很有机会自己演奏出优美的乐曲的。

## 02 在线听歌随心所欲

在iPhone 4上用原生播放器听歌，有个不好的地方就是不能自动在网上下载歌词，需要我们在拷贝歌曲的同时将歌词文件也拷贝进去，太不方便，太累了。我们能不能实现电脑上，诸如酷狗、千千静听之类播放器的网络歌词自动寻找方式呢？答案自然是肯定的。

　　在iPhone 4上安装好"摸手音乐"播放软件，点击开后，我们在"本地音乐"中选取一首我们希望播放的歌曲，播放就好了，找歌词的事情都交给软件了，简单得笑了。用这个软件播放歌曲和用iPod播放器一样是支持后台播放的，也就是说，我们可以一边听歌，一边在iPhone 4做其他的事情。

摸手音乐主界面

音乐播放界面

　　在iPhone 4里我们一般是不会存入很多音乐的，毕竟就算最大容量的版本用来放几部高清影片已经很有限了，更不用说还有众多好玩的软件需要空间来安装。所以，"在线乐库"这个功能就极大地方便了我们的音乐库，点击进去在"搜索"框输入要查找的歌曲，在结果中点击一个想要的，播放、下载随便你。

在线乐库界面            播放在线音乐

同时我们也可以在新歌TOP100、新曲TOP500等分类中去选择我们未听过的新歌，这更方便了我们保持潮流的需要。

当然如果你只是希望能听到更多更好的新音乐，我们还可以借助9box的力量，这是一个在线搜歌的好工具，它拥有音乐公司作为后台，能提供更多新的歌曲，对于潮人一族来说，必不可少。

9box主界面            选择不同的排行榜收听

在线播放的同时，会自动为我们下载好歌曲以供今后再次播放时不用浪费3G流量。

在线播放音乐

下载好的音乐

通过搜索栏，我们可以很方便地找到想要的歌曲，这和电脑中的酷狗工具十分相似。但在手机上，它的方便性更为广阔。

搜索音乐

第4章

移动娱乐中心

用iPhone 4听歌是很惬意的事情，但是找歌却是个麻烦事，特别是手没空的时候，又想找歌，那不是自讨苦吃的活吗。不过，这世界上还真有不麻烦我们双手就能办成的事情，动动嘴也能把歌给找出来。

iPhone 4的音乐猎手（SoundHound）就是专门用来为我们提供语音查找歌曲的好帮手。它最大的特点是不仅仅能够识别原声的音乐，甚至是我们自己哼唱的并不太标准的音乐它都能识别出来，识别速度之快让人很是兴奋。这一点对于音乐爱好者来说是非常重要的，很多时候，我们在商场或者是电台上听到一首好听的曲子，但是我们并不知道它的名字以及演唱者，而SoundHound只需要试听一小段便能够帮我们非常快速并且准确识别出来。

音乐猎手主界面

进入主界面后，只要点击中间的圆形按钮，我们就可以开始演唱我们希望搜索到的歌曲了，唱个10多秒就可以了，演唱完后，再点击一下中间的圆圈,SoundHound就会开始搜索。接着就会出现与我们演唱相匹配的歌曲信息。

"聆听中…"我们可以对着手机
演唱我们需要搜寻的歌曲·

歌曲搜索中

如果我们不会演唱歌曲，但是知道要找的歌的名字，那也很好办，点击主界面右上角的录音图标，在出现的界面中说出我们要查找歌曲的名称，完成后再点击一下中间的图标就可以了。

点击录音按钮

说出歌名

我想查找一首名为"I Love You So Much"的歌曲，当然很轻松就得手了。点击进去，开始播放，同时我们还能看到歌手、专辑的信息。同样在底部还看到了YouBute中有关这首歌曲的视频。

找到的相关歌曲以及视频　　　　　　　　　　试听歌曲

可以说iPhone 4配合上音乐猎手，可以将我们找歌、听歌的乐趣推向极致，所有以后在外面听见有人对着手机唱歌，千万别大惊小怪，人家只是在找歌而已。

# 第3节　电子读物时代

电子书时代的来临，让纸质书开始退出历史。当然电子书和纸质书最后会成为相辅相成的两种载体，就像现在的电脑办公无纸化却需要纸质样本作为最终的定案一样。电子读物的盛行让我们在体积大小有限的空间里可以无限地进行阅读，这种体验是纸质书无法提供的。我们可以在**iPhone**上装载上百部的图书和杂志，只要有需要就可以拿出来阅读或查询，方便程度可想而知。这种随时随地的阅读体验是新时代人们所感受到的科技带来生活方式的转变，希望这种体验来得越多越好。

## 01 iBooks带来的新体验

作为iPhone 4上最具实用性的软件或者说功能，iBooks在用户体验上也做足了文章。几乎所有的阅读工作都是靠手指完成的。同时，其高解像度的LED背光屏幕让每一页看上去都如此完美，在黑暗或光亮的环境中阅读都很方便。

iPhone 4的阅读方式非常人性化，可以根据个人习惯去调整，我们可以利用竖屏模式一眼看到整个单页页面，还可以以横向屏幕的方式来阅读文件，同样，你可以改变字体的大小，或是字体的类型，手指长按点击某一个词语或者单词还可以启用维基百科或内置字典来寻找相关资讯，或者是在网上搜索相关信息。iBooks还可以与VoiceOver搭配使用（语言阅读功能）。

点击进入iBooks程序，一个极具质感的木制虚拟书架就会自动显示出来。在程序的右上角，我们可以找到书店按钮，点按一下，书架就会自动移开，显示iBooks Store的内容，我们可以在这里按照不同方式寻找书籍，同时还可以看到读者评价。当我们下载了一本书，这本书便会显示在我们的书架上。或者我们可以使用iTunes把ePub和PDF格式的电子书籍添加到我们的书架上。我们只要轻点某本书，就可以开始阅读了。iBooks会记录你所在的位置，因此我们可以很轻易地返回到之前的位置上。而且各种显示选项会使我们的阅读更加便捷。

在书柜上有另外三个选项，分别是图书、编辑和书店，在"编辑"选项里我们可以方便地删除已经同步的图书；而在"图书-精选"设置里我们可以选择阅读ePub或PDF格式的电子书。而点击"书店"我们就可以在iBooks Store中去选择购买我们需要的图书了。

打开iBooks

点击编辑按钮后可以对图书
进行删除等操作

"图书"下的"精选"选项内容

选择iBooks中电子图书的格式，图书为ePub格式，同时还可以选择PDF格式的电子图书

获得电子书最简单的方法当然是去iBooks Store购买，在商店里还是有不少的免费书可以任意下载，但都是些古文，让人感兴趣的并不多，如果有兴趣研究古文的朋友到都是找到了人间天堂，没有版权就是好。

打开iBooks

而通过电脑上将一些最新的电子书同步到iBooks才是关键点。通过iTunes将电脑和iPhone 4连接上，接着我们只需点击iTunes左上角的"文件"项，选择"将文件添加到资料库"选项，这时选择需要同步的ePub和PDF文件，就可以把书籍添加到图书资料库里，接下来再选择"设备"里我们的iPhone 4，找到"图书"项，然后根据需要选择同步所有图书或同步选定图书，最后选择同步就行了。

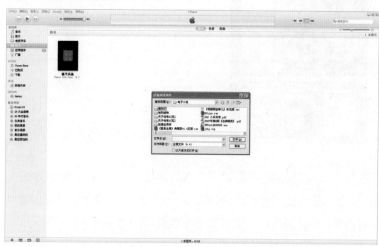

在电脑中找到需要同步的ePub和PDF文件

同步电子图书到iPhone中

同步完成后我们在iPhone 4中打开iBooks软件，就能看到我们刚刚同步的电子书了。

同步完成后在iBooks中就能看到相关的图书

打开一本ePub格式的电子书，可以看到阅读起来就和一本纸质书一样。就连翻页的方式都做得十分逼真。不过竖屏的时候更像是在阅读一本纸质书的感觉，横屏阅读的时候和其他手机阅读的体验没有什么分别。

翻页效果

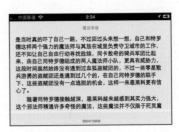

横屏阅读

小技巧：为爱书找张"脸"

- 有的时候我们在网上下载的电子书是没有封面的，放在iBooks的书柜里看起来很不美观，这个时候为我们的爱书添加一个封面很有必要。
- 去"豆瓣读书"，在网站搜索一下我们要找的书，然后在书的封面图上右键点选"图片另存为"存到电脑中。下载好的封面可以添加到没有封面的ePub文件上。

在一些资源丰富的图书评论网站下载相关图书的封面

- 在iTunes的资料库中选择"图书"，在界面中，右键点选没有封面的书籍，选择显示简介，选择"插图"选项卡，然后选择我们刚才下好的封面，这样就可以把封面添加到书籍上。看看效果，是不是比光秃秃的白板要好看不少，也增加了我们的辨识度。

选择"插图"选项卡

添加好封面的图书

## 02　自带书库很方便

　　iBook可以让我们体验到真实阅读的感觉，但是它仅仅支持ePub和PDF格式，为我们的阅读带来了一些不便。所以，自带书库的应用在iPhone上

第4章 移动娱乐中心

151

很常见，这些书库能够提供在线阅读的体验。让我们在找不到可供iBooks使用的某本电子书时，提供有益的补充。

枫林书院主界面

枫林书院中的电子书浏览

可以看到这种阅读方式的最大好处就在于我们能找到很多市面上免费的电子书，不必担心格式等问题，点击进入开读就可以了。

图书目录

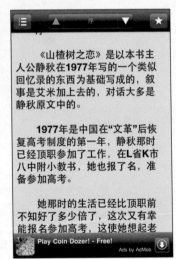

图书内文

在iPhone 4上读书看报，那可以说是真正的电子阅读体验，那些传统媒体大亨以及新兴的电子媒体新锐专门为iPhone 4所设计的电子读物，更是在艺术和阅读之间取得了平衡。

在iPhone 4上有媒体专门为自己的报纸、杂志或图书开发了软件，我们只要在APP Store中下载相应的软件就好了。不用登录，点击进去就可以浏览，我相信摄影画报、周末画报、红领巾、精品风尚这些做工精美的免费电子杂志，大家是不会吝啬下载的时间的。那些自带播放器的电子小说，也有人做好了发表在APP Store上供人下载。这些电子读物，都可以很好地在iPhone 4上进行阅读，更清晰的画面和精心安排的版面会给阅读者不一样的感受。

电子杂志

排版精美

而且这些杂志中的图片可以很方便地被我们下载到相册中去，让我们可以在朋友之间进行分享。

高清大图

保存图片到相册

## 04 电子漫画好好看

漫画已经成为很多人生活中不可缺少的一部分，很多人可以说是伴随着漫画长大的，从早先的机器猫、圣斗士，到现在的海贼王、柯南、死神……现在的漫画种类早就多得不计其数了，分类更是多种多样。纸质漫画书过渡到电子漫画经历了一段时间，但是现在很多新作品都登上了iPhone 4平台，能够在工作之余立刻看到喜欢的漫画，我们怎能让这种乐趣离开我们呢？

iPhone 4上看漫画的流畅度、真实度完全不用担心，完全是小菜一碟，我们只需要操心的是去找到更多更好的电子漫画源。

打开ComicGlass，我们看到的是和iBooks很像的书柜，这种真实的感觉看来很多软件都喜欢借鉴，支持ZIP、CBZ、RAR、CBR、PDF这几种电子动漫书的格式，都是主流格式，完全够用。在线下载是最好的方式，不过事先要把下载资源点的网址输入进去，点击主界面左下角的第一个图标，在出现的窗口中输入资源点的网址保存即可。以后只需要点击主界面下方从左向右的第二个图标，就能进入漫画资源的下载点了。

ComicGlass主界面颇似iBooks

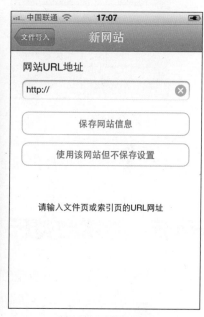

输入资源点的网址

当然我们也可以在iTunes里将事先下载好的电子动漫书同步到iPhone 4中去，这样，在书柜上就能很方便地找到要看的动漫，十分简单。打开一本电子动漫，可以看到阅读界面相当简洁，直接就从第一页开始显示了。我们只需要滑动手指，就能翻看下一页。

选择如何操作电子漫画

播放电子漫画

　　如果晚上阅读的时候，还可以调低显示屏的亮度。而且从网络下载、新增动漫源的功能也极大地丰富了我们的阅读面。

# 第4节　游戏激爽玩

　　*在iPhone 4上最大的乐趣也是我们玩得最多的就是游戏了，不管是上班的车中还是办公休息区域都能看到年轻人拿着iPhone 4在玩着各种有趣的游戏。植物大战僵死、会学舌的TOM猫、极品飞车等，只要你想玩就能玩得到。妈妈级的人物也经常加入游戏战团，很可能她在"愤怒的小鸟"上的造诣我们根本就难以望其项背。可以说在iPhone 4的带动下，很多人改变了游戏的模式，PSP、DNS不再是掌机的选择，在iPhone 4上我们更能获得游戏休闲的乐趣。*

## 01　Cut the Rope吃糖小怪

　　喜欢轻松有趣的益智游戏的话，就不要错过"Cut the Rope"这款游戏。某天一个神秘的包裹寄到了你的家中，在这个包裹里有一只可爱的小东西。不过你想养住这只小东西的话，就得给它糖吃才行。

吃糖小怪主界面

选择关卡

这款游戏以色彩可爱多彩的2D画面，来让玩家体验到新奇有趣的益智游戏体验。看着画面中的小东西盯着晃来晃去的糖果的样子，令人感到十分有趣。而轻松明快的音乐，也能令人更投入到游戏当中。

游戏的操作为触屏方式，你需要根据不同的情况去切断糖果的绳子、点破气泡或者按触吹气装置等，各种不同的操作将让你体验到各种有趣的事情。当然随意地切断绳子并不会让糖果掉到小东西的嘴里，你需要仔细思考才行。

游戏中

三星通关

游戏的难点不在于让糖罐被小东西吃掉而过关，而在于每关都会有三个星，如果能将三个星斗解决掉而过关才是最大的胜利。而获得足够的星星是解开新的大关卡的前提，所以需要努力去获得星星并且让小东西吃到糖果。

## 02 植物大战僵尸

植物大战僵尸在电脑上的巨大成功，让它风靡一时。这股风延续到了iPhone 4上，作为很适合触摸操控的游戏来说，在iPhone 4上的风头更盖过了它在电脑上表现。它在APP Store上收费游戏排名第一的时间已经很长了，不知道要什么样的游戏才能替代它的地位。

植物大战僵尸相信绝大多数朋友都很熟悉了

用手来触碰的方便性可能超越了鼠标，这款游戏和iPhone 4触摸操作的理念贴合得这样的紧密可能是它能够备受关注的重要因素之一。而这个游戏另一个吸引人的地方就在于它的休闲性，再加上只需要稍微动一下我们那聪明的脑袋就能进行下去，男女老幼都能很快就掌握的模式更是它迅速积累人气的法宝。如果你没有玩过，我不会说你OUT，希望你IN一把才是对我辛苦介绍最大的支持。

疯狂的戴夫

让我们一起干掉僵尸

## 03 Talking Tom Cat会说话的汤姆猫

　　汤姆是一只宠物猫，它可以在我们触摸时做出反应，我们可以抚摸它，用手指戳它，用拳轻打它，或捉它的尾巴。它可能用爪子挠我们，用噪音来干扰我们，很是可爱。

　　而它最有趣的地方是能用滑稽的声音完整地复述我们对它说的话，通过左上角的录制按钮我们可以将汤姆说话的各种表现录制成视频，上传至视频网站，或者通过电子邮件发送给亲友。

　　本来这款小游戏是苹果手机独有的收费下载的游戏，但现在已经出现在安卓（Android）等其他系统的手机上，可见魅力有多大。同时"会说话的XX"类型的后续游戏也出现在APP Store里，这些新的复述者还有更多有趣的功能，比如"会说话的约翰"就能分成6个小怪物。

汤姆喝牛奶　　　　　　　　　　　聆听我们说话

## 04　Stylish Dash跑酷

这是一款快节奏、带有刺激感的休闲游戏，我们操控一名跑酷者在世界各处飞奔，最后达成周游世界一圈的目标。游戏画面精美细腻，各种不同的场景，如草原、冰川、丛林、洞穴和火山等，都会有着不同的场景表现力。跑酷者各种奔跑时的跳跃、悬空、攻击等动作，也有着一番酷酷表现，让人感觉到速度的体验。游戏的音乐及音效都搭配得很好，音乐风格很欢快，让人感觉很有激情。

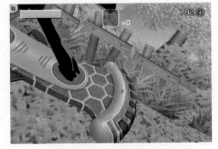

跑酷主界面　　　　　　　　　　　在游戏中我们能做到一切

游戏的操作是虚拟按键的形式，左下角是跳跃，右下角是攻击。很大部分的操作是来自跳跃部分，分成普通的单击跳跃、二段跳和按住跳跃后进行旋转浮空飞行。但是旋转浮空飞行是会消耗左上角的能量的，一旦耗尽将停止飞行，等待能量恢复后才能再次飞行。飞行的能量是会随着你的前进而慢慢恢复的。右下角的攻击则没那么复杂，使用的最多的方面就是用来击破阻挡自己的障碍物。攻击一次后会有一段时间的冷却。游戏在一开始会有教学提示，进入后会看到全部的操作教学。

狂飙开始

组合操作可以出现很多不同的动作

　　这款游戏对于喜欢刺激的玩家来说很对胃口，在下班途中手握iPhone来上这么几下超级跳跃，能够给疲惫的身心带来那么一些释放感。

# 出行达人

## 第5章

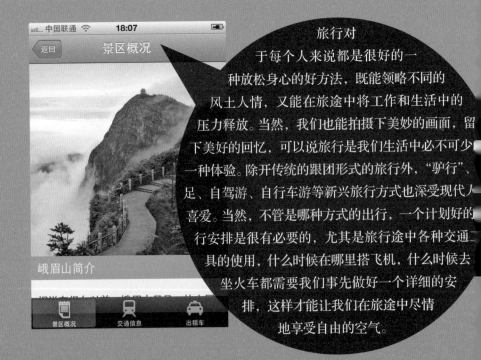

旅行对于每个人来说都是很好的一种放松身心的好方法，既能领略不同的风土人情，又能在旅途中将工作和生活中的压力释放。当然，我们也能拍摄下美妙的画面，留下美好的回忆，可以说旅行是我们生活中必不可少一种体验。除开传统的跟团形式的旅行外，"驴行"、足、自驾游、自行车游等新兴旅行方式也深受现代人喜爱。当然，不管是哪种方式的出行，一个计划好的行安排是很有必要的，尤其是旅行途中各种交通具的使用，什么时候在哪里搭飞机，什么时候去坐火车都需要我们事先做好一个详细的安排，这样才能让我们在旅途中尽情地享受自由的空气。

# 第1节  轻松出行

*既然要出门旅游，不管是跟团还是自由行，实现的准备工作都要做足，才能在随后的旅途中安心上路。当然，如果是跟团就免去了很多麻烦，但是跟团最烦人的莫过于景点游览时间短，购物点傻呆的时间长。我们是为了给心放一个假，而不是为了走马观花似地到此一游，所以自由行才是王道。既然基调定好，那么前期的准备就要我们自己来做。*

## 01  行程安排

旅行前需要做哪些准备？打包行李，预定班机，查询酒店，兑换币种……这些都不是最重要的。旅行就是为了给自己的心放个假，找到心灵的归属感，去想去的地方让心安静下来。所以第一步当然是去寻找心灵的归属地了。

网上有很多介绍旅游境地的地方，不过iPhone上我们就能很方便地找到自己心仪的旅游之地。在"全国旅游景点"应用中我们可以在数10万个景点中找到心仪的目的地。打开应用程序，首先出现的是按各个城市划分的旅游景点推荐，列出了旅游城市拥有的景点个数以及地理信息的简介。点击进去后，会看到该城市周边，各个景点的列表，对每个景点都有详细的介绍。

按省市找景点

上海景点细分

　　如果我们想按照景色不同分类来查找也很方便，在底部点击"景点分类"图标，可以看到将不同景色分为了24个类别，比如我们想去海岛游览，就点击"海岛风情"，我们将看到各种旅游岛屿的详细介绍。

景点分为24类

海岛风情

点击进去就能看到对应景点的详细介绍了。当然，如果想要直接搜寻某个景点，我们可以在底部点击"景点搜索"，在搜索栏中输入景点名称。选择一个旅行地，其实就这么简单。

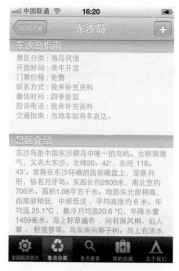

东沙岛介绍

通过搜索功能查找景点

## 02 选择搭乘工具

旅行的行程安排好了，那么下面就要选择合适的出行工具了。飞机当然是最快捷方便的交通的工具，适合距离较长而旅行时间又相对较短的行程安排。火车最经济，但时间相对较长。自驾游最自由，可以边走边玩。这些都可以根据前面行程安排选择的旅游线路、时间、经济来综合考虑。

以前我们都是通过电脑上网去查询一些交通工具的时刻表，然后做好一次次的笔记。这种方式好是好，但是一旦情况有变，我们就需要重新安排线路或出行的时间，尤其是在异地，人生地不熟的，很是麻烦。不过要是带上我们心爱的iPhone，情况就大大的不同，我们可以很方便地查询到飞机、火车、汽车等交通工具详尽的交通时刻表，并且还能马上打电话订票。

## 1. 飞机

　　iPhone上查询飞机航班及预订机票十分方便，打开"全国航班查询预订系统"这个应用程序，在底部找到并选择"机票预订"选项。

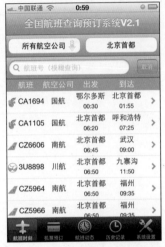

全国航班查询预订系统航班时刻

机票预订界面

　　在"机票预订"界面，点击"北京首都"项，选择出发城市。再点击"上海虹桥"项，选择目的地城市。

选择出发城市

选择到达城市

接着在"机票预订"界面点击时间栏,在"日期选择"界面选择好我们要出行的日期,然后确认。在航空公司栏处点击,选择喜欢的航空公司,当然为了得到全面的机票信息,我们最好先选择"所有航空公司"项,然后再在搜索出的信息中挑选自己中意的航空公司。

选择出行时间

选择航空公司

搜索信息填好后,点击"搜索"按键,等待一会儿,就会出现机票信息了,默认是按票价从低到高排列的,很方便我们查找性价比高的机票。根据我们安排的出行时间,选择一个性价比高的航班,然后点击该机票信息右边的">",可以查看到该航班机票价格的详情。

查询结果

机票价格详情

点击"预订"按钮，会出现订票方式的选择，系统提供了电话、邮件和短信三种订票方式，一般来说直接打电话更容易沟通。点击"电话订票：9588"选项，会自动拨出订票机构的电话，十分方便。

选择预订机票的方式

通过邮件预订机票

## 2.火车

如果选择火车出行的话，可以使用"智能航班火车中转"这个工具，这个工具有个最大的好处就在于，我们可以同时查看两地间飞机、火车的班次和票务信息。

打开该工具后，会让我们填入"出发城市"、"到达城市"、"出发日期"信息。填完后，点击"搜索"，等待一阵就会出现我们需要的飞机和火车的票务信息。

填入各种信息 搜索结果

　　一般情况下显示的是飞机的班次和票务信息。如果要查看火车的信息，要点击搜索结果页面中火车图标的那一栏。根据不同的需要我们可以让搜索到的票务信息按不同的规则进行排列。点击右上角的文件夹图标，在出现的"排序"规则中选择一种即可。

切换到火车票信息界面 选择排序方式

如果要查看某一趟火车的详细信息，直接点击该栏即可。各种不同档次座位的票价清晰地被列出。点击"经停站"还可以查看到该趟列车行径的路线和沿线停靠的城市。

查看某列火车的票务信息

查看经停车站信息

根据需要查找好需要乘坐火车的票务信息后，就可以去火车站买票了。

## 3. 汽车

如果我们选择自驾游，那么我们就需要导航工具来帮忙了，特别是我们要经过不少的高速路，如果没有GPS的导航，走错一个路口，那就要走很长的冤枉路了，耽误事不说还白白浪费汽油和过路费。

打开"高德导航"，系统会提示我们使用当前的位置，点"好"就行了。接下来就要查找我们要去的地方了，点击"目的地"，选择"智能查找"即可。

点击"目的地"　　　　　　　　　选择"智能查找"

由于是去外地，因此点击右上角的"XX城区"，比如我们要去重庆市、綦江县，就依次选择"重庆市→綦江县"。

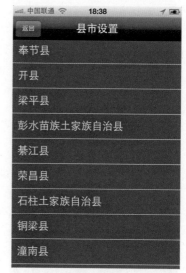

智能查找界面　　　　　　　　　选择"綦江县"

然后，在搜索栏中输入具体的地址，这里输入"入口"，在备选项中选择"綦江入口"，会出现"点的详细信息"界面。

在搜索栏输入"入口"

点击"导航"

　　点击"导航"，会弹出一个窗口，询问我们是设置该目的地为"中途点"还是"终点"，因为我们安排的是先去綦江办事，然后再去遵义旅游，所以这里选择"中途点1"。接下来，我们会看到线路的全程概览。

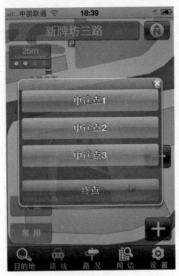

选择"中途点1"

线路的全程概览

全程概览结束后，会自动进入"导航"模式，在界面中选择"目的地"选项，在出现的界面中选择"智能查找"选项。

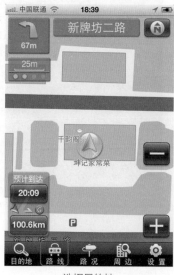

选择目的地

选择"智能查找"

在"多个途经点"中选择"终点"，依次查找"贵州省→遵义市→市区"。

点击右上角"XX城区"

选择"贵州省"

选择"遵义市"

选择"市区"

在"搜索"栏输入"入口"，在备选项中选择"遵义入口"，出现"点的详细信息"界面。

在搜索栏输入"入口"

点击"导航"

点击"导航"，在弹出的窗口中选择"终点"选项，接下来，我们会看到途径綦江最后到达遵义的本次出行的全程概览。

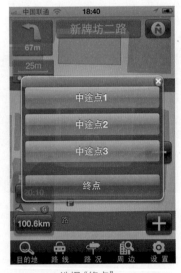

选择"终点"

查看全程概览

在"全程概览"界面,点击右上角的"模拟导航"选项,在这里我们可以很清楚地浏览整个导航过程,以及导航时的图像情况。都准备好后,依次点击"线路"→"开始导航",然后就开着车车出发吧。

模拟导航

选择"开始导航"

## 03 安排住宿

住宿是旅行中很关键的一个组成部分,不仅关系到第二天是否有一个良好的心情和状态继续旅游,更和旅行的花费有很大的关系。很多时候,住宿的花费在一个旅行中会占到很大的比例,如何找一个性价比高的旅店就需要我们费点劲了。

打开"酒店达人",会提示我们输入目的地、入住日期、离店日期等基本信息。

输入目的地　　　　　　　　　选择入住日期、离店日期

　　点击"搜索"会得到目的地城市旅馆集中地的旅馆分布图，地图使用的是Google地图，比较准确和详尽。如果我们在目的地城市有详细的地址，可以在搜索栏中输入详细地址，再进行详细地址附近旅馆的搜寻，地图上红色标记的就是详细的目的地所在位置，以标价形式出现的就是旅馆的位置以及标准间的报价。

搜索到的旅馆　　　　　　　在搜索栏中输入详细地址后的信息

找到一个距离目的地最近，性价比最高的一个旅馆。点击标价就可以看到宾馆名称。点击右边的箭头符号，就可以看到宾馆的详细信息，以及其他床位的报价。

查看一个旅馆

进入旅馆房源的详细列表

　　如果想要预订某个满意的床位，直接点击右边的箭头符号进入"订单"界面，在这里我们可以看到需要预订床位的各种信息。确认后，向下滑动界面，在"住客信息"栏中填入姓名、手机、电子邮箱、留言等信息，到时候会有客户代表打电话对我们提交的订单进行核对，一会儿就会预订完毕。

查看预订房间的信息

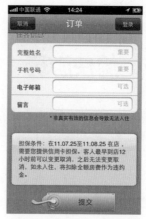

输入预订者的个人信息

当然，除了在地图上我们可以直观地看到目的地附近的各种旅馆信息外，我们还能查看其他更多的旅馆信息。在地图界面中点击"列表"选项，会进入旅馆列表信息界面，在这个界面我们可以根据需求的不同将旅馆进行距离、价格、星级的不同排列展示，以方便我们按需选择。

点击"列表"

查看目的地旅馆的列表信息

可以说，在"酒店达人"的帮助下，我们可以很方便地解决旅行中住宿的问题。

# 第2节　愉快游玩

旅行途中是我们享受乐趣的最好时光，为了不让各种小状况影响我们享受美景的心情，各种预案当然要事先做足了。

旅途中会使用一些交通工具，几个小时的旅程无聊了该怎么办，玩游戏、发微博、看书、看电影都是很好的解决方式，不过要想和他或者她一起度过一个浪漫的时光，那么陪着他或她一起看星星说说话会是不错的选择。不过，想法再好，要实现起来却很麻烦，不过iPhone却给我们提供了便利，我们不仅能够看到人类已经发现的所有星球，还能近距离观察到它们美丽的身影，就好像你手中拥有整个宇宙一般神奇。

iPhone上的星空工具，最好玩、最真实、最酷的就要算"Star Walk"，进入界面的第一眼你就会立刻喜欢上它。至少我是这样，一进入，跃入眼帘的就是一个漂亮的星座图，这种将星座形象化的做法很能吸引出门在外的情侣们，毕竟一开始先要看个热闹嘛。

StarWalk的星图更加写实，很像经过特殊处理的夜空照片，无论是恒星、行星还是流星雨皆可一览无余。

StarWalk主界面

略看星空

StarWalk的界面简洁，时间轴、搜索、定位三大功能分别位于屏幕的角落，点击后会进入更详细的菜单。而在StarWalk中我们还可以看到包括恒星列表、星座列表、行星列表和梅西耶天体列表，以及关于月相变化的信息，并在维基百科中描述天体条目的链接。此外，StarWalk还有"时光机"功能，此功能让我们可以在过去或未来的某个时刻观察星球的位置和状态。

查找星座        继续查找

拥有更多的恒星资料是StarWalk的亮点。选中恒星（或行星、星云）再点击"i"键即可显示其主要信息，在信息的最末端点击左下方的维基百科则会联网到维基百科的网站，获得更具体的资料。

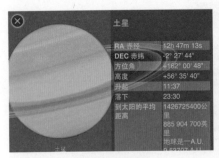

查看土星的信息        到维基百科网站获得更具体的资料

内置天体数据库储存了大量天体的数据。除了显示各天体的位置，Star Walk 还可以计算出天体当时的特征及情况。如月球的圆缺，水木星、土星等外行星的表面特征等。我们还可以通过时间搜寻及快速转移的方法去模拟出某一段时间内天体变化的情形。点击右上角的"时间轴"图标，要调整天数就先在时间轴上点击日期中的"天"，然后在右侧的标尺格上来回拖动以调整时间。

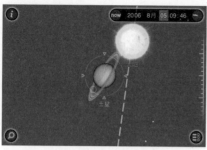

已经过去时刻的星空状态

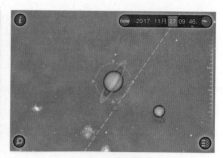

未来的星空状态

　　我们可以用StarWalk来模拟太阳的变动，还可以重现某一时刻发生的日全食现象，离我们最近的一次日全食是2010年1月15日的下午4到5点的时间段，将时间轴调到那个时刻就能看到，记得当时出现了钻戒般的光芒，十分难得。

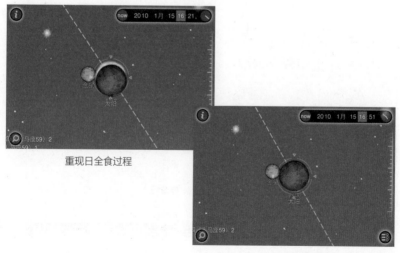

重现日全食过程

日全食来了

　　虽然不能看到真实的星空未免有一点遗憾，但在旅途中随时都能观赏到繁星点点的美景，还能和伴侣一起重现太空奇景，已经足够了。

第5章

出行达人

旅行目的地到了，我们不仅要欣赏美景，还需要先慰劳一下我们空空的肚腹。入乡随俗，到了一个地方，就要去品尝当地的美食，这也是旅行途中的乐事一件。了解一个地方的文化，先从饮食开始嘛。

打开"大众点评"，会自动定位我们iPhone所在的位置，选择"附近"，然后点击美食，可以显示我们所在位置周边的美食概况，十分方便。

点击"附近"

点击"美食"查找附近的餐馆

如果附近的美食不能满足我们的需求，可以点击"搜索"，根据具体需求挑选我们要享受的美食。在"搜索"界面中点击"美食"，将出现所到城市所有区域的美食。

点击"美食"

出现所有的商户列表

点击"全部商区",选择想要去就餐的区域。点击"美食",可以根据菜系选择想要享受的美食。点击"热门度",在"按价格筛选"处选择一个人的消费范围。在三个条件设置完后,我们就基本上可以找到可去一试的餐馆了。

选择商区

选择菜系

选择消费范围

最终的搜索结果

由于身在异地，所以我们可以查看一下地图信息，在"商户列表"界面上点击右上的"地图模式"就能将我们带入餐馆的地图分布界面。点击一个选择好的餐馆，我们可以看到其位置信息和价位信息。

在地图上显示餐馆分布

查看餐馆的位置信息

点击右边的箭头符号，进入选点餐馆的详细介绍界面，不仅能看到打折信息、特色菜信息，还能看网友的推荐和点评，能让我们对餐馆有更进一步的了解。不过，这些信息毕竟只是参考，我们还是要自己亲自去尝尝才能了解个中味道。

进入餐馆的详细介绍界面

查看网友的点评和推荐

如果我们是在国外旅游，还会涉及到汇率和小费的问题，毕竟国外很多地方在享受到别人服务的时候，是有支付小费的习惯的。但是，对于我们国人来说，没有支付小费的环境，所以初来乍到的我们要如何快速又不失体面地支付小费就很具体了。

## 1. 换汇省钱

如果是要出国游，那么肯定要兑换一定的外汇，以备不时之需。不过，各个银行对于公民兑换外汇的汇率有一定的自主调整性，所以同样数量的人民币在不同银行兑换的外币数是不一样的。有了"省钱换汇"这个工具就为我们简化了这个问题。

打开"省钱换汇"首先看到的是21种货币的汇率表，同时是实时在更新。点击界面的"兑换"，进入兑换界面，这里我们可以看到人民币和美元在不同银行间的兑换情况，兑换率从高到低依次排列，一目了然。到哪里兑换外币可以根据自己的实际情况进行考虑。

查看汇率

选择"兑换"查找最实惠的银行

如果要切换到外币种，可以点击美国国旗部位，在出现的选项中选择币种即可。可以看到，兑换不同币种的外汇，最实惠的银行是不一样的，这也是各个银行的策略不同的产物，不过只要有竞争对我们来说就有更多的选择。

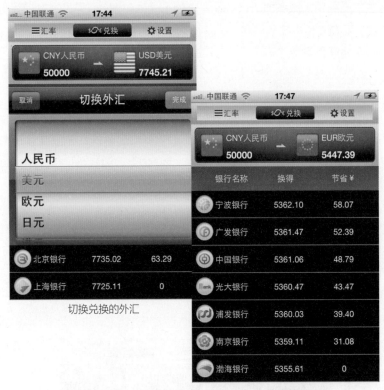

切换兑换的外汇

查询结果

## 2. 小费给多少

国内很少有收取小费的餐馆，大环境中根本就没有这个习惯。因此，当我们到国外旅游的时候，面对普遍的小费消费环境，肯定有点拿捏不住。

"汇率和小费"工具就给予了我们很好的建议。打开后，我们可以在消费栏中输入本次消费的金额。然后点击"小费"栏，根据所在国家的不同，"汇率和小费"工具会自动给予不同的小费建议，按百分比来计算，我们可以根据这个建议以及服务的情况来调高或调低小费的百分比，从而得出本次消费的总金额。

输入消费金额

选择消费国，在推荐比例下百分比

如果，还想学一把外国人AA制的消费观念，那么请点击"人均"栏，选择本次参与消费的人数，以计算出人均小费的金额。不过，可能国人一般不会用到这个功能吧。

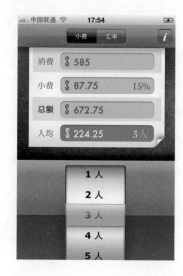

选择消费人数，算出每人的花费

旅游景点到了，当然要购买一份旅游景点的地图。不然我们怎么知道哪些地方好玩，路该怎么走呢。要是这样的话，那十有八九我们会错过很多不错的景色，而且很多景点的奇闻异事我们也将不会听到。请个当地的导游当然好，不过我们还有更妙的方法——手机导游。

现在有很多著名景点都有专门的旅行解说APP提供给我们免费下载，不仅做得很美观，而且各种信息十分丰富，在时下大家都喜欢自由行的时代，给我们带来了极大的方便。

比如我们要去峨眉山旅游，我们可以去下载一个专门就峨眉山进行介绍的APP。打开"峨眉山"APP，我们看到的是做工很精美的旅行线路图，在根据情况选择了"短线"或是"长线"的旅行线路后，点击"出发"就可以开始浏览整个旅行路程了。

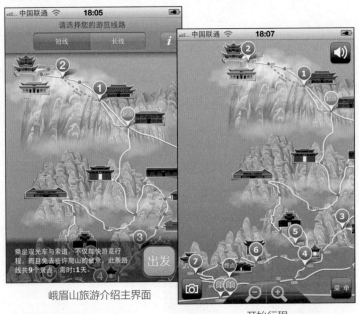

峨眉山旅游介绍主界面

开始行程

在这里我们点击右下面的"菜单"，可以选择查看景区概况、交通信息等信息。

点击"菜单"

查看景区概况

要是游览到了我们地图上的一个景点后，点击这个景点的图标，在弹出的操作框中，点击喇叭按键，就能听到这个景点的解说介绍，同时我们也可以阅读解说文字。

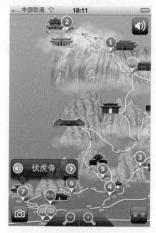

点击某个景点后，
再点选喇叭图标

聆听景点的解说词

在一个景点游览完后，我们可以在这个景点的解说词界面将"已经参观过这个景点了？"处设置为"是的"。回到大地图，我们可以看到这个景点的图标变成了灰色，对于我们来说，可以很直观地看到哪些景点已经游览过，哪些还在前进途中。

将"已经参观过这个景点了？"处设置为"是的"

景点的图标变成灰色

对于自由行的游客来说，这个工具十分有用，不仅能当旅游地图使用，还兼顾了导游的功能，可以说是一举多得。

# 第3节 旅途帮手

*车在路上跑，怎能没人保。出门在外，遇到点小麻烦是很正常的事情，如果我们能防范于未然，那么这些小插曲还能成为旅行中的亮点。要是，事到临头才惶惶然，那就大煞风景了。*

出国游玩,躲不了的是语言问题,身边能有外语比较好的人一起出行当然会方便不少。但是身在他乡总有那么一会儿,需要自己了解某个单词的意思,或者与人简单地交流几句。事事都靠别人,那不是我们旅游达人的爱好,那么一个简单的翻译词典往往能起到事半功倍的效果。

语言作为交流的工具,能准确地表达意思是最重要的。当然,我们可能到世界各地去旅游,但是肯定不会学完所有的语言,"旅行翻译官"在这个时候就能帮上忙了,它不仅收录了国内各地的地方话短语,还收集了包括德语、英语、俄语、法语、意大利语等13种其他语言的同声翻译。

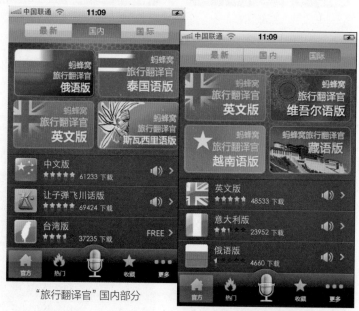

"旅行翻译官"国内部分

"旅行翻译官"国外部分

第5章 出行达人

比如我们要去俄罗斯的某个地方游玩,那么我们就需要俄语的随身翻译。在主界面上点击"俄语版"栏右侧的"FREE"按键,会自动下载并安装俄语版随身翻译。安装完成后"FREE"按键处会变成喇叭符号。

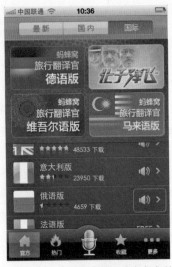

安装新的语言

安装好后，"FREE"按键处会变成喇叭符号

点击喇叭符号进入俄语版随身翻译，里面提供了14个场景里的常用短语。每个场景类还有更细分的场景分类。

提供了14个场景里的常用短语

细分场景

点击进入细分场景，我们就能看到各种常用短语的中文，点击一条就能得到俄语的同声翻译朗读和对应的翻译文字。

短语界面

朗读翻译外文

当然我们还可以通过搜索快速地找到对应短语的翻译，在对应的细分场景界面中的"查找主题"栏中输入要搜索的短语即可。比如，我们要查找"再见"的俄语翻译，就要到"问候道别"细分场景中去查找。

搜索短语

找到短语

当然，一些常用到的短语我们还可以事先添加到"收藏"里，使用起来将更加快捷方便。在对应短语的右侧有"收藏"按键，点击一下即可将对应短语收藏。在要使用的时候，点击界面底部的"收藏"按键即可看到我们收藏的短语了。

收藏短语

在收藏中查看短语

　　这款软件最大的特点就是——同声朗读翻译的短语，其实就算我们的外语发音不够标准，只要将这些拥有标准读音的短语通过iPhone播放给外国友人听，同样能解决问题。

## 02　电筒随身带

　　旅行途中免不了会遇到一些紧急事情，比如自驾游时在夜晚中需要更换轮胎，旅行时在野外的帐篷中找寻物件……这些时候电筒就成了必需品了，但是如果旅行一次需要带上很多备用的物品，那我们的旅行会显得相当臃肿，完全没有自由自在的感觉了，所以只要iPhone能为我们解决的事情，就不要再做多余的准备了。

外出旅游，一般我们会带上一把电筒，为了给我们的行囊减负，手电筒的活儿完全可以交给iPhone来处理。iPhone上的"手电筒"工具比较丰富，一般都具有强光照明和闪烁光求救等功能。

打开"手电筒"工具，会自动调用背面摄像头的闪光灯发光，当做手电筒使用，光线比普通电筒都要明亮，在野外照明完全够用。如果要关闭"手电筒"工具，只需要点击中间的开关按钮即可。

打开手电筒

关闭手电筒

当然，"手电筒"工具还提供各种不同用途的光源，将左下闪烁光的开关打开，iPhone将发出一闪一闪的光线，调整开关下面的频率可调整光线闪烁的时间间隔。而将右下点光的开关打开后，光线开关的方式将变成触摸时，即手指在开关按键上按住不放，iPhone将一直发出光线，一旦移开手指，光线将自动关闭。

选择闪烁光　　　　　　　　　　　选择进入触碰开关模式

　　如果我们遇到了险情需要找人求救，那么，我们直接点击右下方底部的"求救"按键，iPhone将会自动发出国际救援信号的光线，即三长三短的光线闪烁。

进入求救模式

旅途中有可能会出现紧急的情况，如果恰巧身边没有人，那么该怎么办？如果身边有现成的工具可以吸引救援人员到来有可能就会极大地减少事故对我们的伤害。当然，如果我们像《127小时》中的男主角一样被卡在了无人烟的大峡谷中，那就当真只能壮士断臂了，点儿背不能怨社会。

"救命啊"工具，作为一款免费的求救工具，完全能够帮助我们在紧急的情况下，缩短求救的时间，以及帮助我们在特殊环境下进行更有效的求救。

打开"救命啊"工具，我们看到其提供了5种功能，快速拨打报警电话、急救电话、发送闪烁光、发出求救声音以及同时发送闪烁光饼求救，点击对应的图标就能进行相应的求救。并且，点按底部的各个对应按键可以对上述几种功能进行详细设置。

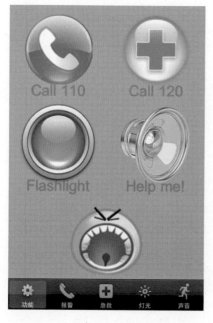

"救命啊"工具提供了5种快捷求救模式

第 5 章

出行达人

报警电话和急救电话在国内分别是110和120，这是常识。如果我们是在国外旅游，就应该事先把这些国家的报警电话和急救电话设置好。

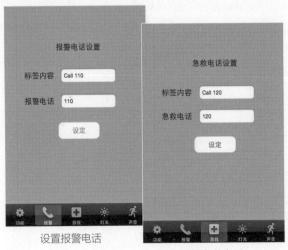

设置报警电话

设置急救电话

当然，我们也可以将这两个地方的电话设置成自己最信任或者在某些时候自己会选择第一时间联系者的电话。

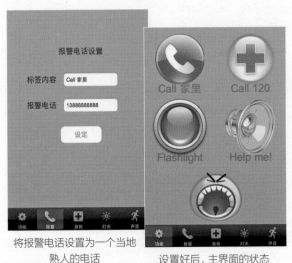

将报警电话设置为一个当地熟人的电话

设置好后，主界面的状态

同时，在灯光设置中，我们可以设置灯光的颜色和发光间隔的时间。呼叫设置中，我们可以设置呼叫的语言和呼叫内容，比如我们在西班牙旅游，就可以设置成西班牙语的救命用语。

设置闪烁灯光的颜色和时间间隔

设置播放的求救短语的语种和用词

　　虽然我们都不愿意在旅途中遇到紧急情况，但是事先做好准备，会让我们在遇到事情发生的时候不至于过度慌乱，而有的时候这些准备或许真的能帮我们一把。

# iPhone 4
# 必知与另类玩法 第6章

iPhone 4 作为我们生活和工作的好帮手，给我们带来了无尽的乐趣和便利。要利用好这个利器，还需要很多技巧来配合。就像一个练武之人，拥有了一把神兵鬼器还不行，辅以高超的武功才能发挥出他超强的战力。

# 第1节　铃声快速做

*iPhone 4*上的铃声是好听的，不过太没有个性，我们在听过某部电影的主题曲或者听到某段旋律后，当然希望用这些最新的音乐来当做我们的铃声。这样才能符合我们潮人一族的风格，如果这些铃声再能加上点变化就更加有个性了。

在iPhone 4上打开RingtoneMaker Pro，在出现的主界面中点击"请选择一首歌开始"，我们可以从同步到iPad中的歌曲中选择我们需要用来制作铃声的歌曲。

选择一首歌用来做铃声

在接下来的界面中，我们将歌曲中需要用来作为铃声的段落确定好。"开始"项用来设置铃声开始的时间，"结束"项用来确定铃声结束的时间，这里选择从歌曲开始到20秒的片段。选择好后，点击中间的播放按钮试听一下。并且将"淡入/淡出"功能开启，以便让铃声开始和结束的时候不会太唐突。

选择铃声的长度

如果有特殊设置的需要，点击右上角的"i"图标，会出现更多的设置选项。有图标的部分可以让我们选择"变声"的模式，我们可以将确定好的歌曲声音通过女人、男人、小孩等多种变音处理后再播放，这对于喜欢个性铃声的朋友来说，很有用处。

在"自定义"板块，我们可以将铃声的播放速度放慢，或者音调升高，创作出更多的个性铃声。

更多的音效设置

编辑结束后，点击"保存"按钮，将创作好的铃声生成为m4r格式并发送到电脑上去。

创建铃声中

最后，通过iTunes将铃声同步到iPhone 4中，我们在iPhone 4中依次点选"通用→声音→自定"，找到我们刚刚同步到iPhone 4上的铃声文件，将其设置为电话铃声即可。拨打一下，果然iPhone 4的电话铃声已经变成我们制作的这个铃声了。

设置铃声

调整铃声音量

# 第2节　善意的谎言！欺骗电话与短信

在特殊的环境中，我们需要脱身出来，但是苦于没有一个好的理由，只能利用身边的工具来帮助自己。比如想离开一个劝酒成风的聚会，但是你开了车不能喝酒，别人还是一个劲地劝你，让你烦恼不已。还好iPhone 4上的欺骗短信和电话工具就能很方便地帮助我们制造一个假短信或者假的来电显示，剩余的事情相信聪明的你知道该怎么做了。

## 01　真真假假接电话

首先我们要做一番设置，以保证这场戏演得逼真。打开iPhone 4上的"GottaGo"工具。第一个画面就是让我们设置虚假电话或短信发出的时间，我们根据现场的情况设置好就行了。然后点击"Settings"，进入下一步的设置，在后面的画面中要我们选择是进行虚假电话设置还是虚假短信设置，如果是需要虚假电话就选择"Call"，如果是虚假短信就选择"Text"。

先设置好虚假电话或短信的发出时间　　选择需要进行虚假电话还是虚假短信设置

一般来说电话更容易让人信服，所以这里选择"Call"。为了将一切事情都做到最佳，我们需要根据iPhone 4的来电状态为模板进行设置。在"Name"处需要设置的是来电人的名字，选一个对你来说有利的人就行了。"Location"是自己电话号码的移动运营商名称，当然只有移动、电信和联通这三家可以选，根据实际情况填上就行。"Carrier"是来电人电话号码的移动运营商名称，同样根据实际情况填写好。下面要注意一点的是，在"International"处要把语言设置为Chinese（Simplified）简体中文，这样在模拟来电的时候，我们看到来电状态才会显示中文形态。这是计划能否成功的最主要的几个地方。

当然还想做得更逼真，我们可以将来电显示的背景图案设置成我们真实情况下的背景图案，因为默认设置下"Gotta Go"采用了一张自带的背景图，所以经过设置后，一切都来得完美了。

设置好虚假来电的各种信息　　选择虚假电话显示信息的语言模式

设置完后，回到主界面，由于前面已经设计好了需要虚假来电拨打的时间，现在我们只需要点击一下主界面上的"Gotta Go"，就耐心等待铃声响起的那一刻吧。电话来了，掏出来，当然要让别人看见，最好是让人看到来电者的名字，装着接电话，胡吹一通，然后将事先想好的说辞给其他人说上一番，只要理由充分，脱身去也。

点击"Gotta Go"等待虚假电话的发动

虚假来电发动

虚假电话接听中

## 02 虚虚实实收短信

当然，有的时候无声的文字可能更有说服力，况且万一遇到有人要抢过电话来胡言一番那不是就露馅了。为了避免这种可能性，选择虚假短信可能更保险一些。

前面的设置都差不多，和虚假电话一样，需要设置来信的时间，只不过在后面步骤的时候我们选择"Text"进行虚假短信的设置。在From处设置发送短信人的姓名，在Message处设置短信的内容。同样，要想做得逼真，可以在Wallpaper处设置好同目前手机一模一样的背景画面。设置好后，同样在主界面处点击"Gotta Go"，接下来就等好戏了。设置的时间到了后，我们会收到短信消息，看上一眼，抱歉地对大家说，对不起老总找我回公司开会。

虚假短信信息设置　　　　　　　　　虚假短信效果

# 第3节　珍惜流量有方法

*"哇！怎么这么多的话费？""哦，您的上网费比较高。""我不是包月了嘛？""您的包月流量超出了，所以后面的上网费用就有点高了。""我真倒霉。"*

没人愿意成为冤大头，控制手机流量，尤其防止流量"偷跑"对于每个手机用户来说很有必要。但是，通过一些简单而又可行的控制流量的方法，也许才能让我们使用手机上网的时候不会感到有束缚。

## 01 好习惯减少流量

用过iPhone的Safari浏览器就会发现在后退的时候是要重新刷新页面的，刷新的过程当然是要算流量的。这个时候我们可以长按地址栏，接着会出现地址栏输入窗口，但是正在后退的页面就不再刷新了，回到原来的页面也只要关掉新打开的窗口就行了，这样就能避免后退时产生不必要的流量了。

长按地址栏，出现地址栏输入窗口

如果用iPhone自带的Safari浏览器观看在线视频，若要中途退出，最好是关闭该页面（点击左上角的红色小叉）后再回到桌面，而不是直接按Home键，否则系统有可能还在继续下载视频缓存，导致流量白白流失。

点击该
红叉

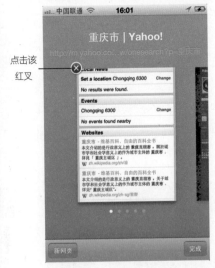

点击红叉关闭页面

此外，若需要使用手机导航功能，建议使用高德、凯立德等第三方开发的GPS软件，而不是需要消耗流量的Google Maps定位。

除了养成良好的手机使用习惯之外，我们还需要通过软件监控已经用掉的流量，尤其是在流量即将超出免费额度前进行主动警示。

iPhone 4的DataMAN 工具就帮上大忙了。点击进入主界面，我们就能很清晰地看到今天、本周、本月流量消耗的情况。往下滑动，在"数据流量限额"部分，我们可以根据自己的套餐情况设置每天、每周、每月的流量上限。在"数据流量提醒"这一栏设置数据流量在"数据流量限额"设置的数值基础上，到达某一百分比的时候进行提醒，一共三次，分别是50%、70%和90%。有了这一个提醒帮助，只要我们的数据流量使用到设置的数值时，我们就能收到报警提示，这样我们就不会在不知不觉间超出我们包月套餐的流量了。

一目了然的流量使用情况

根据自己的套餐情况设置每天、每周、每月的流量上限同时我们点击进某一天的流量消耗数据统计时，还能看到当天哪些是我们在3G网络中消耗的流量，哪些是在WiFi网络中消耗的。而点击右上角的雨点符号，我们还能看到当天我们在哪些地方使用iPhone 4上网的。从中我们可以统计出，我们平时在什么地方用iPhone 4上网使用流量最多，这可以提醒我们以后注意。

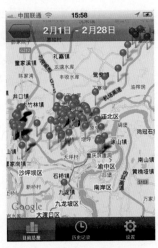

查看某天的流量使用情况　　　　　　　查看上网使用的区域和地点

现在我们对数据流量的控制有一定的了解了，有了这些习惯上的改良和小工具的帮助，以后就很难出现3G流量超额的情况了。

# 第4节　手机丢了

"咦，我的*iPhone 4*呢，跑哪里去了，怎么也找不到了，可急死我了。"发生这种情况，在其他设备上面我们也许只能感叹一声"天下无贼"的世界哪里去找呢。生活中出现了丢失数码设备的事情比比皆是，有时候是自己不小心遗失在某个角落，有的时候却被人顺手牵羊，这种烦心的事情搁在谁身上都不好受，撇开东西的价值不说，里面的数据资料对自己可是十分重要的，别人的联系方式、自己的日记、存了好多的私人相片……这些可不能通过金钱来计算，而且更不愿意让别人查看。不过在**iPhone 4**上，这些都还有挽救的余地。

iPhone 4带有主人锁定功能，我们只要事先做好一定的设置，后面的问题就简单了，锁定机器、远程给机器加上密码、发出报警声、远程销毁机器中的资料都可以做到。

## 01 打好预防针

首先在iPhone 4中，点击"设置→邮件、通信录、日历→添加账户"，在弹出的窗口中选择"mobileme"，接着我们输入"Apple ID"和"密码"（就是去APP Store中购买软件的那个账户和密码）。

选择新建mobileme

输入"Apple ID和密码"

验证通过后会出现"允许MobileMe使用您的iPhone的位置？"的询问，点击"好"即可。完成后，会出现"查找我的iPhone"功能设置项，默认情况下"允许此iPhone在地图上显示或者被远程擦除"的功能是打开的，因此这里我们不做改动。到目前为止提前的设置工作就完成了。

询问是否使用iPhone位置　　　　　"查找我的iPhone"功能设置界面

## 02 偷了也没用

如果出现丢失iPhone 4的情况，不要急，可以用火狐、Apple Safari
浏览器登录mobileme账户（IE内核的浏览器无法使用相关功能）。

登录后，我们等待一会儿就可以看到iPhone 4在地图上的大概位置是哪里了，如果是自己家里，那就好好找找吧，当然这一切都需要iPhone 4上网才行。

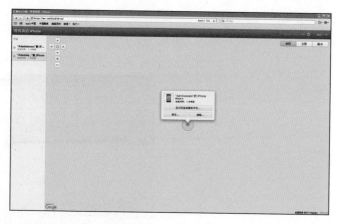

为了以防万一，我们还是先给iPhone 4远程加上一个密码，点击"锁定"，在弹出的窗口中为iPhone 4加上4位密码，密码需要输入2次。

远程锁定界面

输入4位密码

再次输入4位密码

远程锁定完成

如果在家里还是找不到，那么就再发送一条信息并让iPhone 4发出报警声给我们一个提示吧。点击"显示信息"，在对话框中输入想发送的信息，并勾选"播放声音达2分钟"。如果有人拾到我们的iPhone 4，由于是已经锁定无法使用，所以在看到我们的信息后，有可能会和我们联系，这就是发送信息的目的。报警铃声是为了引起自己或别人的注意而已。发送后，我们在iPhone 4上就可以看到刚刚写好的消息了，报警声也同时响起。

设置让iPhone 4报警并显示信息　　　　iPhone 4上会显示我们发出的信息

当然，在我们实在是没有办法找回手机的前提下，为了保证资料不外泄，我们还可以点击"擦除"，在"远程擦除"界面中点击"抹掉所有数据"，远程删除iPhone 4上的所有数据，谁叫我们自己不小心呢。

远程擦除iPhone 4上的所有数据

# 第5节 飘信，交友聊天在天上

想同住家附近的人进行交流，怎么办？在飘信还没有出来的时候，这个是无解的，当这个以近距离地理位置为基础的交友社区出现时，广大的iPhone玩家都为此疯狂。只要愿意，我们就可以与家以及工作地区附近的人交朋友、找美女、泡帅哥、写心情、发照片……可以很轻松地与邻居们聊天，只要你有一部iPhone手机。

第一次登录的时候需要注册账号，用一个常用邮箱就可以了。

飘信主界面

登录飘信

在iPhone 4上打开飘信，这个工具是采用GPS+基站+WiFi三重定位功能的，可以自动判断我们当前所在的位置，蓝色的小小气球，就是我们周边的人发布的信息，点击一个蓝色的小气球，可以看到身边的人说的话。

查看身边飘友在说什么

点击蓝色的右箭头按钮，我们就可以看到发表这句话的飘友的详细情况，看看他/她距离我们有多远，可以选择回复他，追随他。

查看飘友的信息

我们还可以通过列表的方式来查看，"自动"是最新发布的飘信，"邻近"是周边5公里内的飘信，"同城"是周边20公里内的飘信，"遥远"是远方最热门的飘信，"飘图"是所有含有图片的飘信。

根据需要查看飘信

　　大家聊得这么热闹，我们当然也要来凑个角，在"地图"界面右下角找到并点击"发布"，在出现的窗口中输入我们想要说的话，输入完后，点击右上角的"发布"按钮。这时会回到"地图"界面，我们可以在地图上找个地方来发表我们说的话，在地图上看得顺眼的地方点一下就可以了。

输入想说的话　　　　　　　　　　　　发布飘信

　　飘信中也有像QQ群一样的功能，这里我们叫"圈子"，一群志同道合的人可以在圈子里面进行聊天，当然我们在发送飘信的时候，也可以选择发布在圈子里。和单独发送飘信的方式一样，只是在文字输入框的上面我们可以看到"所属圈子"，点击右箭头，可以看到我们加入了的圈子，选一个就是。

输入要发送的飘信　　　　　　　　　选择要发布到的圈子

设置好后点击"完成"

发布飘信

我们通过界面底部的"探索"栏目找到圈子，在这里我们可以轻松地查找感兴趣的圈子，找到就可以加入进去。

通过探索栏目可以查找圈子

如果说我们想和外地的朋友聊聊，也很方便，在"地图"界面缩小地图，用手指拖动地图，找到自己想要去的城市，然后再放大地图，等会儿就看到外地朋友发的飘信了。我们也可以将飘信插到其他城市去，同样是写好信息后点击"发布"，在要发布到的其他城市中的地图上找个地方插上去就好了。

查看外地飘友的信息

在外地发布飘信

# 第6节　表情符号任意输

*我们在用iPhone 4进行文字输入或者聊天的时候，总觉得少了点什么，仔细想想还真是的，没有图标符号或者说表情符号的选项。到处找遍了也没弄清楚在哪里把这个功能弄出来，让我们在聊天或写博客的时候不能任意发挥我们使用表情符号时的那种幽默感，很是遗憾。其实，并不是iPhone 4里没有这个功能，只是隐藏起来了，我们需要一点点手段将它弄出来就行了。*

费了一点神总算还是搞定了，现在我的iPhone 4主界面上的文件夹全部都用图标符号来表示了，看上去清爽了不少，而且还可以根据自己的喜好和习惯来使用。比如我很喜欢足球，所以在装有游戏的文件夹里我就使用了一个足球图标来表示。当然不是每个人都能马上领会它的意思，这是属于我自己的意义，只要自己能看懂就可以了。

文件夹的文字全部用图标代替　　　游戏的文件使用了一个足球图标来表示

这个方法并不需要额外的工具或者将iPhone给越狱了，只要一点点技巧就好。其实这些图标符号需要通过日文模式来启动而已。首先是进入设置，把 iPhone 改为日文界面；然后按照顺序依次点选"设置→通用→多语言环境→语言→日本语"，经过数秒钟的时间就完成了。

选择多语言环境　　　　　　　　　　选择日本语

下面需要的是添加一种在日文界面中被称为"绘文字"的输入法，其实这就是图标符号。在日文界面中，进入 iPhone 的键盘输入法设定区，一路往下滑动，就会找到"绘文字"这个选项，这时请点它一下，把绘文字加入到输入法之中。

选择一般　　　　　　　　选择语言环境

选择语言种类　　　　选择添加语言　　　　选择绘文字

下面我们将回到中文界面，这时会发现键盘区多了"表情符号"输入，其实它就是我们在日文模式下启动的"绘文字"。如果这时我们发现除了原来的中文、英文输入法之后，还多出了日文输入法，可以在"键盘"界面中通过"编辑"来把它移除掉。

在键盘界面点击编辑

删除掉日文

最后就轮到我们发挥创意的时候了，撰写一份备忘录，在记录的信息内我们可以加入一些表情符号，以加强备忘录的可读性和易理解的方面。

现在可以在有文字输入的地方添加符号了

当然我们还可以在主界面的文件夹图标名称上加入表情符号，以加强辨识度。随便找个桌面图标长按几秒，就能进入编辑图标位置、建立文件夹等状态。这时只要按照正常的方式来更改文件夹名称，连续按几下地球图标来变更输入法，就会跳出"表情符号"的小图标。图标总共分为六大类，每一大类都有好几页的图标，可用左右滑动来选择，种类非常丰富，比如读书工具，我们就可以在前面加上一个书本的图标。这样我们的文件夹的辨识度就大大提高了。

为文件夹添加符号

## 第7节　这个价格，我查查

物价"兔"涨，工资"龟"涨。就连一贯洒脱的白领美眉们也开始考虑着如何节俭开支了。首先当然是在商店打折的时候去疯狂抢购一把。虽然现在很多商店会在节假日、周末、店庆的时候进行打折促销活动，但是平日里我们想要购买到更优惠的商品就不那么容易了，多跑几家商店进行价格对比，太累；就投入产出比来说也不划算。要是有一个足不出户就能了解到身边各大商店、超市的商品价格对比情况的活，这个问题就很好解决了。

记得有一次我出差，事情办完后在目的地城市闲逛，突然看到一个汽车商品店在搞促销活动，一大包超级活性炭包只要50块钱，原价可要98元。正巧当时才买了车，需要这个玩意，而且这个商品在我居住的地方也看到过，我们那里要卖65元。心想这下可被我遇着了，不过我还是不动声色地和老板砍了一会儿价，最后老板在很不情愿的情况下，以45元卖给了我。回来后，我就和同样买了新车的朋友说自己买到便宜货了，结果朋友拿出一模一样的炭包告诉我在本地超市买只要40元，我当时就郁闷了，并不是因为仅仅买贵了，而是因为不仅买贵了，还这么老远带回来。后来这个朋友告诉我，其实iPhone 4上有"我查查"这个工具，只要扫一下商品的条码就可以查到它在不同卖场的价格，他现在就是用这个工具在买东西的时候进行比价查询的，当然不怕买贵了。

"我查查"工具在"果粉"中走红当然和现在物价飞涨有很大的关系。这个工具最大的特色就是，当我们选择"条形码比价"模式后，用手机对着某商品上的条形码扫描一下，几秒钟后手机上就出现了一排卖场的名字和这件商品的价格。

这次我想购买一本"货币战争"的书，也为自己普及一下现代金融市场的知识。这本书我在社区的书店看到了，原价为38元，不过我却打算看看在其他卖场是否有更便宜的卖价，打开"我查查"工具，选择"条形码比价"，然后将摄像头对着该书的条形码，软件会自动对焦并读取条形码的信息，2秒钟就得到了比价结果，99网上书城：26.2元、新华书店.com：26.6元、王府井书店：30.4元。嘿嘿，看来便捷地货比三家在这个工具上做得还不错，现在我们至少就有了三种比原价更低的选择。如果不是急用，当然选择最便宜的99网上书城了。

"我查查"主界面　　　"我查查"中的功能选择　　　条码扫描　　　通过扫描条码找到该物
品在不同卖场的售价

　　如果我们身边没有目标商品的条形码，我们还可以通过"关键字比价"来查找商品。就像今天，我想要给我8个月大的儿子买"妈咪宝贝"这款尿不湿，就可以点击"关键字比价"在搜索框中输入"妈咪宝贝"，点击"查查"，就可以初步搜索到"妈咪宝贝"这款尿不湿所有型号产品的比价结果，找到需要的型号点击进去查看就能看到这款产品在不同地方的售价了。

关键字比价

查找结果

当然很多时候我们一次性需要购买很多商品，一件件去查也比较麻烦，可以先查查看有没有商家最近在搞促销打折活动，在主界面选择"商家促销"就能看到某一时间段内哪些商家在搞促销活动，找一家点击进去看看，查看详细的商品促销价格。能找到自己的目标商品最好，就算没有，了解一下信息和朋友分享一下也很不错。

商家促销信息

促销信息详情

平时有空的时候，我们还可以用"我查查"工具看看大家正在比价哪些商品，随便看看有没有什么便宜的商品可以淘，说不定能找到一些可用的信息。

看一下别人都在比价什么商品

有了我"查查"这个比价工具，我在购买商品比较价格的时候会省心不少，至少，不用担心会买贵的东西了。

# 第8节　电脑电影iPhone看

*坐在阳台上发呆，突然想起了一部收藏了很久的电影，让我走到电脑面前又不想离开现在的感觉，怕真的走过去后就没有观看的欲望了。还好，iPhone是随身装着的，最近玩iPhone也比较疯狂，昨天弄了个用iPhone播电脑上视频的工具，正好派上用场。*

想到这里我毫不犹豫地掏出iPhone 4，打开orb工具，在底部选中"Video"，然后选择"Folders"接着选择[F:]电影，找到了我想看的那部电影，用手指双击播放。真爽，没想到前几天的疯狂玩机，换来了今天的便利。用手机播放电脑上的电影也这么方便，真不知道iPhone 4还能培养我多少的懒劲，不去想了，先看电影。

打开orb工具，选中"Video"　　　　选择[F:]电影　　　　　　　找到存放电影的文件夹

找到要观看的电影 电影播放中

当然，昨天的设置是今天激爽的前提。电脑上先设置一番，在电脑上先安装orb的客户端。打开客户端，会让我们注册一个账户，随便注册一个就行，然后在后面的登录界面中输入账号和密码登录进去。

商家促销信息

促销信息详情

进去后，我们选中"Midia Sources"，在弹出的界面中选择"+"添加符号，浏览并找到我们装有电影的文件夹，点击确定，程序会扫描有多少视频文件可以使用，并记录下来，以供我们用iPhone访问时查看。

选中"Midia Sources"　　　浏览并找到我们装有电影的文件夹，点击确定　　　程序会扫描有多少视频文件可以使用

　　iPhone这边的准备就简单了，打开orb，点击Settings，在Orb Login处输入我们在电脑上注册的账号，在Password处输入密码，网络连接方式有三种，分别为Edge、3G、WiFi，当然传输数据的速率也是从慢到快，因为需要播放电脑上的电影，所以一般情况下都是处于WiFi网络中的，所以我们选择WiFi就可以了。设置完后，点击Done就行了。以后想用手机看电脑上的电影时，就按照最前面的步骤点击几下就能播放了。

输入我们在电脑上注册的账号

# 第9节　人像照片变"老"术

　　*iPhone 4的拍照功能十分强大，500万像素的感光元件能带给我们更高分辨率的照片。有一天我正在查看这些照片的时候，突然想将它们PS一下，恶搞一下我的朋友们，让他们看看我的照片修改术有多么*

的厉害。但是想到要使用**PhotoShop**之类的专业软件，我的头就比较大。没那技术啊，直到有一天我在**APP Store**上看到了一款专门用来将**iPhone 4**上的人像照片快速PS变老的工具，用过之后大呼好玩，从此开始了**iPhone 4**随拍随**P**的恶搞之路。

这让照片中的人像变老的工具叫Agingbooth，用它我们甚至能将小孩子的照片也变老。打开这个工具，会提示我们是照一张照片（CAMERA）还是在现有的照片中选择一张来使用（CHOOSE），并且还给出了什么样的照片才适合进行修改。

Agingbooth主界面

为了达到工具中提示的正确的照片效果，我还是选择照一张相片来使用。工具中会给出一个椭圆形的框，需要我们将人的脸部框在这个椭圆形中后再拍照，一定要照做。

将人的脸部框在这个椭圆形中后再拍照

拍照完成，我们得到了一张人像照片，这时会在两只眼睛和嘴巴附近各出现一个白色的框。如果没有对准照片中人像的眼睛和嘴巴，就需要我们将这些白色的框移到对准眼睛和嘴巴。对准好了白框后，点击下面的"READY？ GO"，马上我们就看到了刚刚拍摄的人像中的人物变老了，深深的皱纹、老年斑等老年人的特征都体现在人像的脸上。真的很是神奇，如果不仔细辨认还真看不出来。

将眼睛和嘴巴与三个白色线框对准

点击 "READY？GO"

人物 "变老" 的效果

　　我觉得应该发给朋友看看，让他们大吃一惊。点击界面上左下角的邮件图标，会出现发送邮件的窗口，软件会自动调用我在iPhone 4上设置好的邮箱地址当发件人，我们只需要设置好朋友的邮箱地址和主题就行了，点击 "Send" 进行发送就可以了。

点击界面上左下角的
邮件图标

输入邮件信息并发送

点击保存按钮

选择 "Yes" 保存到照
片库中

　　为了让我辛苦修改的这些恶搞照片保存下来，我们在照片修改完后就点击向下的箭头图标（即保存按钮），在出现的选项中选 "Yes" 就可保存到iPhone 4的照片库里。

　　朋友在收到我发的照片后，很感兴趣，连忙打电话给我，说一定要我教教他。呵呵，看来这个年头喜欢恶搞的人还真不少。